毛姆文集

[英] 萨默塞特·毛姆 著　梅海 译

W.S.Maugham

彩色面纱
The Painted Veil

人民文学出版社

W. Somerset Maugham
The Painted Veil
根据 Vintage，2006 年版译出。

图书在版编目（CIP）数据

彩色面纱/（英）毛姆著；梅海译．—北京：人民文学出版社，2016
（毛姆文集）
ISBN 978-7-02-010999-9

Ⅰ.①彩… Ⅱ.①毛…②梅… Ⅲ.①长篇小说—英国—现代 Ⅳ.①I561.45

中国版本图书馆 CIP 数据核字（2015）第 283566 号

责任编辑　马爱农
装帧设计　柳　泉
责任校对　韩志慧
责任印制　王景林

出版发行　人民文学出版社
社　　址　北京市朝内大街 166 号
邮政编码　100705
网　　址　http://www.rw-cn.com

印　　刷　三河市西华印务有限公司
经　　销　全国新华书店等

字　　数　204 千字
开　　本　880 毫米×1230 毫米　1/32
印　　张　9.125　插页 1
印　　数　5001—8000
版　　次　2016 年 7 月北京第 1 版
印　　次　2018 年 2 月第 2 次印刷

书　　号　978-7-02-010999-9
定　　价　36.00 元

如有印装质量问题，请与本社图书销售中心调换。电话：010-65233595

前　言

威廉·萨默塞特·毛姆（一八七四年一月二十五日出生于法国巴黎——一九六五年十二月十五日逝世于法国尼斯），英国小说家和剧作家，著述甚丰，作品以文风朴素、背景广阔和对人性的深刻剖析而著称。

毛姆十岁时，因双亲先后故去而被送回了英国，在叔父家寄居，并在英国接受教育。稍长，曾到过德国海德堡，住了约一年，后入伦敦圣托马斯医院学医，于一八九七年毕业。他把自己在伦敦贫民区行医期间的见闻经历写进了他的第一部长篇小说《兰贝斯的丽莎》(1897)，发表后颇受欢迎，遂弃医专事写作。曾游历西班牙和意大利。第一次世界大战期间，他先是在红十字会和救护团队里服务，后来又从事过情报工作，到过瑞士和俄罗斯。战后曾在远东和东南亚旅行。一九二八年他在法国尼斯的菲拉海角购买了一幢别墅，并在那里定居。

毛姆最初成名于戏剧创作，一九○八年他的四部剧本同时在伦敦上演，轰动一时，一生共创作了约三十部剧本，但是他的主要文学成就是在小说创作方面，共发表了二十部长篇小说和一百多篇短篇小说。他的小说结构严谨，情节曲折，剪裁得体，语言简练。他的最为著名的四部长篇是：《人性的枷锁》

(1915)——这部半自传性质的小说,叙述了一位年轻的医科学生的痛苦的成长经历;《月亮与六便士》(1919)——回顾了一位离经叛道的英国画家(据信是以法国印象派画家保罗·高更为原型)的艺术人生;《寻欢作乐》(1930)——刻画了一位文坛巨匠(以托马斯·哈代为蓝本)及其周围形形色色的人物;《刀锋》(1944)——讲述了一位年轻的美国军人探求人生真谛的故事。毛姆的短篇创作也深受读者喜爱,许多描写欧洲人在异国环境中的矛盾冲突的短篇都曾引起过强烈的反响。他的短篇创作风格接近于莫泊桑。

《彩色面纱》最初分别在美国的《时尚》杂志(*Cosmopolitan*)(一九二四年十一月)和英国的《纳什杂志》(*Nash's Magazine*)(一九二五年五月)上开始连载时,毛姆已经是五十岁出头的人了,而小说的创作灵感却是他在三十年前,从但丁《神曲》的炼狱篇的诗句中获得的,一位意大利女人给他讲述了诗句背后的那个哀婉的故事,从而激发了他的想象。他在小说的序言里写道:"我在心里反复地琢磨它,在其后的许多年里,我也总是不时地将它翻出来仔细地推敲上两三天……我把它设想成了一个现代故事……"但是,由于他想不出一个环境,能让这个故事合情合理地发生,也由于这个故事只不过是萦绕在他脑际的许多题材当中的一个而已,时间一长,他就把它给忘记了。等到第一次世界大战结束后不久,从一九一九年底至一九二〇年三月,已值盛年的毛姆,到中国做了一次长途旅行,这才终于为那个潜藏心中近三十年的故事,找到了一个合适的环境。数年后他便推出了这部篇幅不大却内涵丰富的引人入胜的小说。

凯蒂·加斯廷嫁给了她既不喜欢也不了解的细菌学家沃尔特·费恩,并同他一起来到殖民地香港。在香港,凯蒂跟风度翩翩的助理辅政司查利·汤森，一位有妇之夫，发生了暧昧的关系。沃尔特在发现了妻子的不贞之后，自愿申请前往中国内地霍乱流行的梅潭府地区行医，并给妻子下了最后通牒：要么跟汤森结婚，要么随他一道去梅潭府。汤森为了自己的前程，拒绝跟凯蒂结婚。走投无路的凯蒂，只得随丈夫前往疫区，想就此了却一生。在梅潭府，沃尔特投入了日以继夜的防止疫情蔓延和救治病人的工作。凯蒂则结识了英国海关官员沃丁顿和当地修道院里的一群法国修女。修女们冒着生命危险，义无反顾地救助孤儿和患者。在她们的无私精神的感召下，凯蒂也加入了她们的行列，开始了人生的转变。得知凯蒂有了身孕，沃尔特软化了对妻子的态度，并催促她离开梅潭府，虽然他并不相信自己是孩子的父亲。不久，沃尔特即死于霍乱。凯蒂只身一人返回香港后，在完全违背自己心愿的情况下，竟再次委身于查利·汤森。带着深深的自责，凯蒂回到了英国，并在途中接到了母亲去世的电报。最后，凯蒂打算与父亲相依为命，并随他前往巴哈马群岛。

这是一部脉络并不复杂，却让人沉湎其中，不忍释手，读时常常会掩卷深思，读后仍然要细细回味的小说。书中涉及的事物似乎都不那么简单，情节从一个高潮进展到另一个高潮，正如连载小说所可以预期的那样。然而书中的人物描写才是最耐人寻味的。你或许还摸不准它的男女主人公是否值得你去喜爱，究竟谁更正面一些，却已经不由自主地跟随着他们走过了这段形象鲜明的文学旅程了。

在小说的前半部分，女主人公凯蒂的形象决不能用正面来形容。然而在她轻佻放荡、用情不专的行为背后，却隐藏着追求自由的冲动。凯蒂先是想要摆脱专横跋扈的母亲而草草地嫁给了不爱的人,然后又因为对婚后生活的厌倦而同一位自私自利、惯于玩弄女性的男人发生了不正当的关系,接着,又因为奸情败露走投无路,踏上了前往霍乱疫区的死亡之旅。当她因丈夫死亡而结束了那段炼狱般的生活,只身一人返回香港的途中,作者加进了这样一段文字:

"自由!正是这个念头在她的心中歌唱……自由!不仅挣脱了烦恼的束缚,而且从令她抑郁寡欢的伴侣关系中解脱出来;不仅摆脱了死亡的威胁,而且也甩开了使她堕落的爱情。她从一切精神枷锁中解放了出来,成了自由自在的灵魂。有了自由,她就有了勇气,无论今后发生什么,她都能从容地面对。"

有趣的是,这样的内涵,竟使这部小说在近几十年里受到了女权主义者的青睐。小说在结尾处借凯蒂之口,告诫母亲们要教育自己的女儿切莫重犯前辈的错误,要珍惜真正的精神自由,决不能因为物欲而出卖自己的自由,沦为男性的玩物。

人性的矛盾,是毛姆经常在小说里探索的一个主题。在这部小说里,善与恶的对立不仅存在于人物之间,而且交织在每个人物的性格里。一个人的善恶表现之间并没有什么难于跨越的鸿沟,有时甚至以相反的面目出现。人物之间的爱恨情仇,也往往只是一线之隔。譬如,生性腼腆、举止木讷的沃尔特对凯蒂一见钟情,爱她"超过了世上的一切",婚后对她也是"极为体贴,尽心尽力想使她过得舒适,……谁也不能像他那样温柔或体贴周到"。但是,当他发现了妻子的不贞之后,却老谋深算地策划了残忍的报复方式,带她到霍乱肆虐的梅潭府,想要置她于死地。手段之恶更甚于妻子的不贞,与他通常的为人大相径庭。可是,来到梅潭府后,不仅他渐渐地平息了愤怒,妻子也从厄运的梦魇中挣脱了出来。沃尔特最终原谅了凯蒂,并把他的爱心转而倾注到了不幸的病人们的身上。凯蒂也在与修女们朝夕相处、共同照料孤儿的过程中，开始了人生的转变。然而，看似新生的凯蒂，回到香港后，竟再次投入了汤森的怀抱，恶又一次抬起头来，虽然她随即就陷入了深深的自责。你不禁会惊异于作者看待人性的冷峻的目光。对于善良的天性，就其广度和深度而言，毛姆都是持怀疑或保留态度的。

  这部小说的书名取自诗人雪莱的一首十四行诗。诗人认为生活就是一幅彩色的面纱，上面所画的都是些人们乐于相信的不真实的东西。小说借用"面纱"来暗示那些难于看透的人和事，这在小说中可说是俯拾皆是，这恐怕就是它读起来颇费思量的原因吧。女主人公生活态度的转变，是作者着墨最多，同时也是书中最发人深思的部分，其中贯穿着对生活真谛或人生意义的探索。命运将凯蒂带到了霍乱肆虐的梅潭府，在那里，她一方面目睹了大量的死亡：修女，士兵，孤儿和当地的民众，另一方面也目睹了修女们同死亡搏斗，忘我地救助和照料孤儿和病人们的英勇行为，心灵受到了极大的震动，并加入到照料孤儿的工作中去。正是在这个人间"炼狱"里，她开始了灵魂的净化。她改变了对丈夫的态度，看清了自己的自私、轻浮和浅薄，开始懂得生活有远比寻欢作乐重要得多的丰富的内容，明白了"爱别人，从而也为别人所爱"的道理，并为自己对别人有用而高兴。这是她人生的转折点，真正的转变一旦开始，便会顺着它本身的逻辑向前发展。她说："我一直在寻找一样东西，却又不太清楚它到底是什么。但是我知道，弄清它对我来说非常重要，而且一旦我弄清楚了，那么一切就会大不相同了。"她在寻找什么呢？小说并没有明说。但是，她一直视那些圣徒般的修女们为榜样，"她们放弃了一切，她们的家，她们的祖国、爱情、孩子和自由,……献身于一种充满了牺牲、贫困、绝对服从、劳累和祈祷的生活。"她们之所以能这样,是因为她们相信这会让她们获得死后的永生。凯蒂为无法拥有这样的信仰而苦恼,而沃丁顿则对修女们的信仰深表怀疑:"假如根本就没有永生呢?想想,如果死亡实际上就是一切的结束,那将意味着什么呢?她们放弃了一切却一无所获。她们受骗了……"他又说:"她们所追求的仅仅是虚构的幻想……其实……生活本身就是美丽的。我有个想法,我们之所以能够尊重我们生活的这个世界而不感到失望,唯一的原因,就是人们能从一片混沌中不断地创造出美来。他们绘画、创作音乐、写书并开创生活。而在这一切当中,最为丰富的美就是美好的生活。"这些对凯蒂来说是过于深奥了。凯蒂未能为已经转折的人生寻找到精神上的支撑点,她最终也没能掀开这层神秘的"面纱"。

毫无保留地向读者推荐这本书。书如其名,就请读者亲自来掀开这幅彩色的面纱吧。

梅　海

二〇一五年夏

序

这个故事是由但丁①下列的几行诗句引发的:

> Deh, quando tu sarai tornato al mondo,
> E riposato de la lunga via,
> Seguitò il terzo spirito al secondo,
> Ricorditi di me, che son la Pia:
> Siena mi fè; disfecemi Maremma:
> Salsi colui, che, nnanellata pria
> Disposando m´avea con la sua gemma.

"唉,等到你将来回到了人间,
在漫长的行程后休息够了,"
第三个精灵紧接着第二个精灵说,
"你务必要记住我,我就是拉比亚:
我在西埃那出生,我在马雷玛身亡;
先同我订婚,结婚时又为我戴上

---

① 但丁(1265—1321),意大利诗人、文艺复兴运动的先驱人物,作品具有人文主义思想萌芽,代表作有抒情诗集《新尘》、史诗《神曲》等。

宝石戒指的他,却要了我的命。"①

当时我是圣托马斯医院的一名学员,复活节假期给了我六个星期自由支配的时间。我把衣服塞进手提旅行包,揣上二十英镑就出发了。那时我二十岁。我去了热那亚和比萨,然后前往佛罗伦萨。我在维亚劳拉大街一位寡妇(有个女儿)的寓所里租了一个房间,从那间房子的窗子可以望见大教堂漂亮的圆顶。房租为四个里拉一天,食宿全包(经过了一番讨价还价之后)。我估计她赚不了多少钱,因为我的胃口极佳,不费吹灰之力就能吞下堆积如山的通心粉。她在托斯卡纳山里有一处葡萄园,我记得,那儿酿的基安蒂酒是我在意大利喝过的最棒的红葡萄酒。她的女儿每天教我意大利语。在我当时看来,她业已成年,但是我估计她的年龄不会超过二十六岁。她曾经有过不幸的经历。她的未婚夫,一位军官,在阿比西尼亚②遇难身亡,于是她被奉为圣女,将永守童贞。一旦母亲死了(一个丰腴、灰发、快乐的妇人不大可能会在仁慈的上帝认可之前就死去吧),厄西莉亚就将投身于宗教,那是可以理解的事情。她当时就欣然地对此充满了期待。她喜欢大笑。我们非常愉快地一起吃午餐和晚餐,但是她对授课却十分认真,常在我呆头呆脑或漫不经心时,拿一把黑尺敲打我的关节。要不是这让我想起了书中描述过的老学究而被逗得大笑的话,我大概会为自己被当成孩子一样对待而愤愤不平的。

那段日子我很勤奋。每天早上起来,我都要译几页易卜生的剧本,以便从中汲取描写对白的娴熟技巧和从容风格;然后我

---

① 选自《神曲·炼狱篇》第五歌中的诗句,引自朱维基的译本。
② 阿比西尼亚,现称埃塞俄比亚。

就带上罗斯金①的书去考察佛罗伦萨的名胜古迹。根据书中的介绍,我欣赏了乔托钟塔和吉贝尔蒂建造的青铜大门。我对乌菲齐画廊里博蒂切利的画作表现出恰当的热情,而对大师所不称许的作品,则轻蔑地扭过稚嫩的肩膀以示不屑。午餐后是意大利语的授课时间,课后,我再次外出去参观各处的教堂,并浮想联翩地沿着阿尔诺河漫游。吃过晚饭,我往往又要出去猎奇冒险,不过,那时我非常单纯,至少是十分腼腆,每晚回来都和出门时一样纯洁善良。尽管西格诺拉给了我一把钥匙,但每当听见我进门后锁上了门,她都会如释重负地吁出一口气,因为她始终担心我会忘记锁门,而我则若无其事地又去浏览有关格威尔弗斯和吉伯林兹的历史书了。想到那些浪漫时代的作家们绝不会有我这样的行为举止,我就深感内疚,但我不相信他们有谁能仅靠二十英镑就在意大利待上六个星期,而我却能尽情地享受这种节俭勤奋的生活。

我已经读过"地狱篇"(借助于译文,但是不认识的字都认真地查过字典)②,所以跟随厄西莉亚从"炼狱篇"开始学。当我们读到前面引述的那段时,她告诉我,拉比亚是西埃那的一位出身高贵的妇人,丈夫怀疑她通奸,却惮于她的家族而不敢处死她,便将她带往他在马雷玛的城堡,并确信当地的毒雾会置她于死地;但是她许久都未能死去,以致他日益焦躁不安,于是命人把她从城堡的窗口抛了出去。我不知道厄西莉亚是

---

① 约翰·罗斯金(1819—1900),英国作家、评论家、艺术家和社会改革家,推崇哥特复兴式建筑和中世纪艺术,著有《近代画家》《建筑的七盏灯》《时与潮》等。
② "地狱篇"是但丁所著《神曲》的第一部,第二、三部分别为"炼狱篇"和"天堂篇"。

从哪儿知道这些的,而我那本但丁著作的注释又语焉不详。但这个故事却不知怎的引发了我的想象。我在心里反复地琢磨它,在其后的许多年里,我也总是不时地将它翻出来仔细地推敲上两三天。我常常反复地沉吟那一句:"我在西埃那出生,我在马雷玛身亡。"但是,这毕竟只是萦绕我脑际的许多题材中的一个而已,时间一长,就忘记了。当然,我把它设想成了一个现代故事,而在当今世界上,我却想不出一个环境,能让这类事件合情合理地发生。直到我在中国做了一次长途旅行,才找到了这样的环境。

我想,这是我所写过的唯一一部起源于故事而非人物的长篇小说。人物与情节之间的关系,往往不易解释。你无法在一片空白中恰如其分地构思人物;你在构思他的同时,会把他设想在某个环境里,做着某件事。因而人物和他的主要活动似乎就是跟想象力同时的产物。然而在这部小说里,人物却是挑选出来以适合我逐步展开的故事的:他们都是根据我在别的环境中早已熟悉的人物而塑造出来的。

写这部书时我曾经遇到了一个作家所易于面临的那类麻烦。原本我的男女主角姓莱恩,一个再普通不过的姓氏,然而不巧的是,这也是香港一些人的贵姓。他们兴起了诉讼,连载我小说的那些杂志社的老板们不得不花二百五十英镑来平息这场官司,我也将这个姓氏更改为费恩。此后,助理辅政司又认为自己受到了诽谤,并威胁要起诉。这让我感到奇怪,因为在英国,我们尽可以把首相搬上舞台,或将其作为小说中的人物,坎特伯雷的大主教,或是大法官,以及此类显赫机关的要员们也都不会将此当回事。奇怪的是一个职位如此卑微的临时官员却认为自己成了影射的目标。不过为了息事宁人,我还是把香港改成了一个杜撰的殖民地庆延①。事件发生时此书业已出版,于是被悉数收回。但是,一些收到过这个版本的狡猾的评论家们却以各种借口并未将书交回。我估计该版本大约尚有六十本存世,这些书如今具有了文献学的价值,遂使收藏者们不惜以高价求购。

---

① 本版已将庆延改为香港。——原注

1

她惊叫起来。

"怎么啦?"他问。

尽管百叶窗关着,屋里很暗,他仍能看出,她的脸色突然变得惊恐不安。

"刚才有人推门。"

"噢,大概是阿妈①,要不然就是哪个佣人吧。"

"他们不会这会儿来。他们知道我午饭后要睡觉。"

"那会是谁呢?"

"沃尔特。"她小声说,嘴唇直哆嗦。

她指了指他的鞋。他想把鞋穿上,但是,她的恐慌也传染了他,使他紧张得笨手笨脚,而且那鞋也偏瘦。她焦躁地轻叹一声,把鞋拔子递给了他。她披上晨衣,光着脚走到梳妆台前,用梳子把蓬乱的短发梳理整齐。这当儿,他也系上了第二只鞋的鞋带。她把他的上衣递给了他。

"我怎么出去?"

"你先等会儿。我去看看是不是安全。"

---

① 意指女佣。

"这不可能是沃尔特。五点以前他不会离开实验室。"

"那会是谁?"

他俩低声耳语。她一直在发抖。他想,一到紧急关头她就不知所措,因而蓦地对她心生埋怨。既然并不安全,她为什么还要口口声声地打保票呢?她屏住呼吸,把手按在他的胳膊上。他顺着她的目光看过去。他俩正站在对着走廊的窗户跟前。窗上都安装了百叶窗,而且百叶窗的插销也都插上了。他们看见一扇窗的白瓷旋钮正在缓慢地转动。刚才他们并没有听见有人从走廊走过去。那无声的转动看得人心惊肉跳。一分钟过去了,没有任何动静。接着,他们又看见另一扇窗的白瓷旋钮也鬼使神差一般,悄无声息地转动起来。神经近乎崩溃的凯蒂吓得张嘴要喊,他见状急忙用手捂住了她的嘴巴,把她的喊声捂在了手指之间。

一片寂静。她靠在他身上,双膝发抖,他真担心她会晕倒。他紧皱眉头,绷着下巴,把她抱到床上,让她躺好。她面白如纸,他虽然晒得很黑,此时也是脸色苍白。他站在她身边,紧张地盯着那个白瓷旋钮。他们都不出声。过了一会儿,他看见她在哭泣。

"看在上帝分上,别这样,"他急躁地耳语,"事已至此,已没有退路,我们只能硬着头皮撑住。"

她在找手帕,他明白她的意图后,忙把她的包递给她。

"你的遮阳帽呢?"

"我放在楼下了。"

"啊,天哪!"

"喂,你必须保持镇静。十之八九那不是沃尔特。他干吗这时候回来?他中午从不回家的,是不是?"

"是。"

"我敢打赌,那就是阿妈。"

她看着他,露出一丝笑意。他低沉、亲切的声音使她多少放下心来,她抓起他的手来,深情地握着。他不动声色,等她镇静下来。

"你看,我们不能老待在这儿,"他说,"你能不能到走廊上去看看?"

"我没力气站起来。"

"你这儿有白兰地吗?"

她摇摇头。他顿时皱紧了眉头,显得益发焦躁,不知如何是好。突然,她把他的手攥得更紧了。

"他会不会还在那儿等着呢?"

他嘴角动了动,挤出了一丝微笑,并尽量使自己的声音显得温柔体贴,他十分清楚这种声音的效果。

"这不大可能。打起精神来,凯蒂。怎么会是你丈夫呢?要是他进来,看见过道里有一顶陌生的遮阳帽,上楼又看见你锁上了屋门,他肯定要嚷嚷的。这一定是哪个佣人。只有中国人才会那样冒冒失失地拧把手。"

现在她确实觉得好多了。

"就算是阿妈也挺讨厌。"

"那倒不要紧,不行的话,我还可以拿上帝来吓唬她。作为一名政府官员,好处虽然不多,但毕竟可以利用这个身份来办自己想办的事。"

他肯定不会错。她站了起来,朝他伸出了胳膊。他把她紧紧地搂在怀里,并亲吻她的嘴唇。这是充满了痛楚的欣喜。她崇拜他。他松开了她,她来到窗前,拨开插销,将百叶窗打开一条缝往外看。一个人影也没有。她溜到走廊上,先看看丈夫的梳妆间,再看看自己的起居室。两处都空无一人。她回到卧室,朝他点了点头。

"没人。"

"我相信这整个就是一场误会。"

"别笑。吓死人了。你去我的起居室坐坐。我要穿上鞋袜。"

2

他照她的吩咐去了起居室,五分钟后她回到他身边。他正在抽烟。

"喂,能不能给我来点儿白兰地加苏打水?"

"好,我这就按铃。"

"依我看,你不会有任何麻烦。"

他们静等着佣人前来回话。她对佣人做了吩咐。

"给实验室打个电话吧,问问沃尔特是否在那儿,"她说,"他们听不出你的声音。"

他拿起电话,问明了号码。他询问费恩医生是否在实验室,然后就把电话挂上了。

"他午饭后就不见了。"他告诉她,"问问佣人他是不是回来过。"

"我问不合适。如果他回来过,我却没看见,岂不是笑话。"

佣人把饮料送来了,汤森给自己倒了一杯。他让她也喝点儿,她摇了摇头。

"如果来的就是沃尔特,那该怎么办?"她问。

"说不定他根本就不在乎。"

"沃尔特?"

她的腔调表示根本不可能。

"我总觉得他十分腼腆。你知道,有些男人不愿当众争吵。他有足够的理智,知道兴师问罪得不到什么好处。我根本不相信来的是沃尔特,但就算是他,我也觉得他不会有什么举动。我想他会不了了之。"

她考虑了一会儿。

"他可是爱我爱得要命。"

"哦,那就再好不过了。你可以劝他息怒。"

他对她莞尔一笑,这是她永远无法抗拒的。这种缓慢露出的微笑,从他明亮的蓝眼睛开始,逐渐地延伸到匀称的嘴巴上。他的牙又小又白,十分整齐。这样的微笑非常撩人,把她的心都融化了。

"我不太在意,"她说,露出一丝喜色,"这是值得的。"

"这都怪我。"

"你怎么到这儿来啦?看见你,我吓了一跳。"

"我忍不住。"

"亲爱的。"

她微微向他倾过身去,幽深发亮的眼睛深情地盯着他的双眼,她微张着嘴,充满了欲望,他则用双臂搂住了她。她忘情地轻叹一声,沉溺在他的怀抱里。

"记住,你永远都可以依赖我。"他说。

"我真高兴跟你在一起。我也希望能让你高兴,就跟你让我高兴一样。"

"你不再害怕啦?"

"我讨厌沃尔特。"她回答。

对此,他不知说什么好,于是就去吻她。她的脸非常温柔地贴在他的脸上。

这时他抬起她的手来,看了看她手腕上的小金表。

"你知道现在我要干什么吗?"

"逃跑?"她笑了。

他点点头。一时间她把他贴得更紧了,但她觉出来他执意要走,就松开了他。

"像你这样撇下工作不管,真丢人。快走吧。"

他禁不住调情的诱惑。

"你就这么着急打发我呀。"他轻佻地说。

"你知道我不想让你走。"

她的回答低沉认真。他谄媚地笑了笑。

"别再为那个不速之客发愁了,小心愁坏了你漂亮的小脑瓜。我敢肯定那是阿妈。如果有什么麻烦,我保证替你化解掉。"

"你倒蛮有经验的,是吗?"

他笑得开心而又得意。

"那倒不是,不过我敢自夸,我肩膀上长着的是一个好脑瓜。"

3

她到走廊上去，目送他离开了这座房子。他朝她挥了挥手。她望着他，禁不住一阵窃喜：他已经四十一岁了，但仍然有着年轻人的柔韧体格和轻盈步态。

走廊处在阴影里。她懒散地走来走去，由于爱情得到了满足而心情舒畅。房子位于跑马地的山坡上，因为他们住不起太平山顶更为舒适，但更其昂贵的房子，她心不在焉的目光几乎没有注意到蔚蓝的大海和港湾里那些密集的船只。她一心只惦记着她的情人。

当然，那天下午，他们的行为未免过于鲁莽了，但是如果他希望她这样，她又如何能做到谨小慎微呢？他已经来过两三次了，都是在午饭后过来的，那正是酷热难当的时候，没有人愿意出来走动，甚至连佣人们都没有注意到他的来去。在香港实在有诸多不便。她讨厌这个中国城市，每次走进域多利道边上他俩通常幽会的那间肮脏的小屋，都会令她心惊胆战。那是一个古董商的房子，附近常坐着一些中国人，总是讨厌地盯着她看；那个把她带到铺子后面，并领她爬上黑暗楼梯的老头，一副奉承的笑脸，让她十分厌恶。老头领她进去的那间屋子散发着霉臭，靠墙放着的那张大木床让她不寒而栗。

"这儿简直脏透了,你不觉得吗?"第一次和查利在那儿幽会时,她止不住地向他抱怨。

"你进来之后,就不一样了。"他回答。

当然,在他把她揽入怀抱的那一刻,她就把这一切都置诸脑后了。

唉,无奈她没有自由,他们俩都不自由!她不喜欢查利的妻子。一时间,凯蒂将浮想联翩的思绪停留在多萝西·汤森身上了。叫多萝西这个名字真是不幸!老气横秋的。她少说也有三十八岁了。可是查利从来都不提她。他当然没把她放在心上;她肯定让他烦透了。不过,查利却称得上是一位绅士。凯蒂不无怜爱地露出了一丝苦笑:他就是这么个德性,迂腐的傻家伙;他也许对妻子不忠,但绝不会说出一句有损于妻子名声的话。多萝西是个高个儿女人,比凯蒂还高,不胖不瘦,一头浓密的浅棕色头发。除了年轻时的美好青春之外,她大概从来就跟美无缘;她五官端正,但并不出众,蓝眼睛显得冷淡。她的皮肤你大概不会多看一眼,脸上也没有红晕。她的穿着就像——嗯,就像她本人一样,与香港助理辅政司太太的身份相符。凯蒂笑了,微微地耸了耸肩膀。

当然,谁都不能否认多萝西·汤森说话的声音是和蔼可亲的。她是个非常好的母亲,查利总是夸奖她这一点,她就是凯蒂母亲所说的那类淑女。但是凯蒂不喜欢她。不喜欢她漫不经心的态度;你去她那儿喝茶或吃饭时,她对你的那番客套也让人恼火,因为你难免会觉得,其实她对你毫无兴趣。事实上,凯蒂揣测,她除了自己的孩子以外,对什么都不关心:她有两个男孩子在英国上学,明年准备将另一个六岁的男孩儿也送回英国去。她的脸就是一张面具。她面带微笑,文雅礼貌地说着人们预料她会说的那些话;但是尽管热情友好,却始终同你保持着一段距离。在这块殖民地上,她有几个密友,她们对她赞誉有加。凯蒂不知道汤森太太是否嫌弃自己没有地位。想到这儿,她的脸不觉涨红了。说到底,汤森太太实在没有任何理由摆架子。不错,她的父亲曾经是殖民地总督,在位时的确风光无限——他进屋时全体都要起立,他的车子经过时,人们会脱帽向他致敬——但是又有谁会比一位退休的殖民地总督更加微不足道呢?多萝西·汤森的父亲现在住在厄尔斯考特①的一座小房子里,靠养老金度日。如果凯蒂请多萝西来家里坐坐,母亲一定会不胜其烦的。凯蒂的父亲叫伯纳德·加斯廷,是王室的律师顾问,日后荣升法官应属意料中事。他们住在南肯辛顿②。

---

① 厄尔斯考特,英国伦敦的一个区。
② 肯辛顿,英国伦敦的一个区。

4

婚后来到香港的凯蒂,很难接受这样的事实,即自己的社会地位竟然要由丈夫的职业来决定。当然,所有的人都很友善,两三个月里,他们几乎每晚都有聚会。去参加总督官邸的晚宴时,总督像迎接新娘一般地接待她;但她很快就明白了,作为政府雇用的细菌学家的妻子,她实在无关紧要。这让她愤愤不平。

"实在荒唐,"她对丈夫说,"唉,要是在英国,这儿的人几乎没有一个值得你跟他打上五分钟的交道。母亲绝不会请他们哪个人到家里来吃饭的。"

"你用不着为这个心烦,"他回答,"真的,这其实无关紧要。"

"当然没什么要紧,只能看出他们有多么愚蠢罢了。不过也实在可笑,想想在英国时经常去我们家的都是些什么人,而在这儿,我们却被当成了废物。"

"从社交的角度看,从事科学的人根本就不存在。"他笑着说。

这话她现在明白了,但当初嫁他时,她却不明白。

"没想到铁行轮船公司的代理人会请咱们吃饭,我真高兴。"她说。这么说似乎有势利之嫌,于是她笑着加以掩饰。

他大概觉出了在她的轻松举止背后隐隐有责怪之意,于是拉过她的手来,歉疚地握着。

"真对不起,亲爱的凯蒂,不过,千万别为这事烦恼。"

"嗐,我才不在乎呢。"

5

那天下午的不速之客不大可能是沃尔特。一定是哪个佣人,因此,不会有什么麻烦。其实,这些中国佣人什么都知道。但是他们绝不会多嘴。

她一想起百叶窗的白瓷旋钮缓慢转动的样子,心跳就会加快。他们绝不能再那样冒险了。最好还是去古董店见面。别人看见她去那儿也不会怀疑什么,在那儿他们俩绝对安全。店主知道查利是谁,他不会傻到去戳助理辅政司的脊梁骨。只要查利爱她,别的事有什么关系呢?

她离开走廊,回到了起居室。她坐到沙发上,伸手去拿烟,突然瞥见了一本书上放着的一张便条。她将便条展开。留言是用铅笔写的。

亲爱的凯蒂:

　　这是你要的书。正要给你送去,正好碰见费恩医生,他说路过家门时把书捎给你。

　　　　　　　　　　　　　　　　　　V. H.

她按电铃,佣人来后,她问究竟是谁、在什么时间把书带来的。

"是老爷拿来的,太太,在午饭后。"佣人回话。

这就是说,是沃尔特。她立即给辅政司办公室打电话找查利。她把刚刚听说的情况告诉了他。他有好一会儿没有说话。

"我该怎么办?"她问。

"我正在开一个重要会议。现在不便说话。我建议你沉住气。"

她挂上了电话。她知道他身边有人。他总是公务缠身,让她忍无可忍。

她在书桌前重新坐了下来,把脸埋进了自己的手掌,想把处境仔细地想一想。沃尔特很有可能以为当时她正在睡觉:她理所当然要把门锁上。她仔细回想当时他们是否在说话。他们肯定没有大声说话。还有那顶帽子。查利真是疯了,竟把它放在楼下了。但是责怪他又有什么用,他那么做也很自然,况且也没有迹象表明沃尔特已经注意到它。沃尔特可能是去什么地方办公,路过家门时,便匆匆忙忙地把书和纸条留了下来。然而奇怪的是,他竟然想推开门,然后又想打开那两扇窗户。如果他以为她在睡觉,那就不应该去打扰她。她当时真够蠢的!

她稍微振作了一些,再次体验到心头的那种甜美的痛楚。每当想到查利时,都会有这样的体验。这是值得的。查利说过,他会站在自己身边,如果出现更糟的情况,那……沃尔特要是想闹,就随他闹去吧。她有查利,她担什么心?或许,沃尔特知道了反倒是好事。她从来就不喜欢沃尔特,自从爱上了查利·汤森以后,听任丈夫抚爱便成了令她十分厌烦的事情。她不想再和他有更多的关系。她看不出他能证明什么。

如果他指控她，她就否认；如果做出的判决不容许她继续否认的话，那么，她干脆就用事情的真相去奚落他。他想干什么，随他的便。

6

婚后不出三个月,她就知道自己嫁错了;但是铸成大错的主要责任在她母亲,而不在她。

屋子里有她母亲的照片,凯蒂疲惫的目光正好落在那张照片上。她不知道自己干吗要把它放在这儿,因为她并不十分喜欢自己的母亲。屋里还有一张父亲的照片,不过是放在楼下的大钢琴上。那是他成为王室律师时拍摄的,照片中他戴着假发,穿着长袍。即便是那套装束也未能使他显得威严一些。他是个瘦小干瘪的人,目光疲倦,上唇略长,嘴唇很薄。爱打趣的摄影师让他随意些,可是他却只知道一味地严肃。按理说,他那下弯的嘴角和沮丧的目光,给了他一副略显忧虑的神态,而加斯廷太太却认为,唯其如此,才令他看上去更像一位法官,于是就从他的许多备用照片中挑选了这一张作为他的公务照。在加斯廷太太自己的那张照片里,她是穿着丈夫被任命为王室律师顾问后她进宫觐见时穿的那套礼服的。身着天鹅绒长裙的她显得雍容华贵,拖曳的裙裾意在彰显地位的优越,她头发上插着羽毛,手里捧着鲜花,腰身挺得笔直。这个五十岁的女人,消瘦,平胸,颧骨突出,鼻子大而端正。她有一头浓密柔滑的黑发,凯蒂总以为,它即使没有染过,起码也经过精心的修饰。她那好看的黑眼睛一刻也不能消停,那是她身上最为引人注目的地方;因为当她和你说话时,在她冷漠光滑的黄脸上不停流盼的那对眼睛,常使你困惑不已。它们从你身体的某一处移向另一处,又移至屋子里的其他人,然后又回到你身上。你觉得她是在评估你,判断你,同时又在审视着她身边的所有人物,而她嘴上说的和心里想的根本就毫不相干。

7

加斯廷太太是个强硬、冷酷、专断、野心勃勃、吝啬而又愚蠢的女人。她的父亲是利物浦的一位初级律师,膝下有五个女儿。初见她时,伯纳德·加斯廷尚在北部的司法管辖区工作。那时,他显得年轻有为,加斯廷太太的父亲曾断言他前程远大。实际上,他并非如此。他埋头苦干,勤奋,也有能力,但是却没有力图晋升的欲望。加斯廷太太因而瞧不上他。但是她又承认(尽管愤愤不平)她只有通过他才能取得成功,于是就力逼他朝着她所期盼的目标努力。她责备起他来毫不留情,她发现,每当她想让他去做某件事,而他却出于厌恶极力表示反对时,她只要让他一刻也不得安宁,最终疲惫不堪的他便不得不就范。至于她本人,则努力去结交那些可能用得着的人物。她恭维那些为她丈夫提供案情的律师,并同他们的夫人打得火热。对于法官和他们的太太,她更是百般逢迎。她尤其看重那些前途被看好的政客们。

二十五年来,加斯廷太太从未因为喜欢谁就邀请他来家里吃饭。她定期举办大型聚餐。然而她的吝啬与她的野心不相上下。她舍不得花钱。她引以为自豪的是能用人家的一半价钱办成同样豪华的宴会。她办的宴会冗长且煞费苦心,但是能省则省,她不相信人们在边吃边聊时会去注意喝的到底是什么。她用餐巾包住酒瓶,为客人们斟上泛着泡沫的摩泽尔葡萄酒,心想人家会以为是香槟。

伯纳德·加斯廷的律师业务差强人意,但规模不大。一些在他之后获得资格的律师早已经超过了他。加斯廷太太就让他去竞选议员。竞选的费用照例由政党承担,可是加斯廷太太的吝啬再一次阻挡了她的野心,她不愿拿出足够的钱来笼络选民。作为一名候选人,理应向众多的基金会捐款,而伯纳德·加斯廷的捐赠总是比合适的数额少那么一点点。他败选了。成为议员夫人的梦想固然令加斯廷太太陶醉过,但她还是以顽强的毅力承受了失败的苦果。丈夫的候选人身份使她接触到了一些显要人物,她为自己的社会地位得到了进一步的提升而沾沾自喜。她知道伯纳德根本进不了议会。她希望他成为议员,不过是想让他所在的党对他感恩图报而已,而为党去争夺那两三个即将失去的席位,肯定能收到这样的效果。

然而伯纳德依然只是个低级律师,而许多比他年轻的人都早已成为王室律师了。他也必须成为王室律师,这不仅是因为若非如此他荣升法官的希望便有可能落空,而且也是为了她的缘故:她总是跟在那些比自己年轻十岁的女人身后去出席宴会,这让她无地自容。然而在这件事情上,她却遭遇到了丈夫的倔脾气,他的固执是她多年来都无法习惯的。他担心一旦成了王室律师顾问,他就将无所事事。他对她说,二鸟在林,不如一鸟在手,她则反驳说,一句谚语,只不过是思想贫乏的最后托辞罢了。他提醒她,自己的收入可能会因此减半,他知道没有比这更让她看重的理由了。她根本听不进去。她骂他胆小。她不让他安宁,最后,同往常一样,他屈服了。他申请担任王室律师,并且很快就接到了任命。

　　他的疑虑得到了证实。成为王室律师顾问后,他的事业便再无进展了,接手的案子寥寥无几。但是,他将失意的郁闷掩藏了起来,即使怨恨自己的太太,也只是在心里默默地抱怨而已。他或许更加沉默寡言了,但是,在家里他一向就寡言少语,所以家人谁也没有注意到他有什么变化。他的女儿们只把他看成是全家的收入来源;为了一家老小的食宿、衣着、节假日和一应花销用度,他忍受些劳碌折磨似乎是理所当然的;现在,了解到由于他的过错,家里的进账减少了,于是她们对他除了冷漠之外,又多了一分恼恨的轻蔑。她们从未想过扪心自问,这个每天一大早就出门,晚上回家正赶上吃饭,因而匆匆换衣入座的忍辱负重的瘦小男人,究竟有什么样的感受。对她们来说,他是一个陌生人,但由于他是她们的父亲,所以他对她们的爱护和照料是天经地义的。

8

但是,加斯廷太太具有一种令人钦佩的勇敢品质。她在私密的小圈子——她的小天地——里没让任何人察觉她因希望的破灭而感到的屈辱。她的生活方式一成不变。苦心经营之下,她仍能跟从前一样举办炫耀的晚宴,与朋友们交往时,她依然保持着素来养成的那种玲珑的欢快。她颇善言谈,腹中储藏着丰富的应付各种难易场面的谈资,在有她加入的社交场合,她妙语连珠,侃侃而谈。在不善言谈的客人中间,她便派上了用场,因为她不会在开始新的话题时无话可说,也能在尴尬的冷场局面下,迅速地找到合适的话题而打破僵局。

现在看来,伯纳德·加斯廷不大可能被任命为高等法院的法官了,不过,他仍有希望担任郡法院的法官,或者在最坏的情况下,被任命为殖民地的法官。在这期间,让她差堪满意的是,总算看到他被任命为威尔士某个乡镇的首席法官了。不过,她还是把希望寄托在了女儿们的身上,指望着她们能嫁个如意郎君,从而弥补她此生的一切缺憾。她有两个女儿,凯蒂和多丽斯。多丽斯姿色欠佳,鼻子太长,体型肥胖;因此加斯廷太太对她不抱厚望,只要嫁个家道殷实、职业合适的年轻人就可以了。

凯蒂却是个美人。她的天生丽质在孩童时期便露出了端倪。她有一对又大又黑的眼睛,水汪汪的非常活泼,一头略呈红色的棕色卷发,牙齿洁白精美,皮肤白皙娇艳。她的相貌并非十分完美,因为她的下巴略方,鼻子也偏大(虽然没到多丽斯那种程度),她的美丽在很大程度上是依仗着她的年轻。加斯廷太太意识到,凯蒂必须在她成年伊始充满青春朝气的时候就嫁出去。及至踏入了社交圈,她已经出落得光彩照人了:她的皮肤依然极美,而覆盖着长睫毛的大眼睛是那么明亮和温柔,对视之下,令人不由得怦然心动。她有着迷人的欢乐性格,而且渴望着取悦于人。加斯廷太太将全部的宠爱都倾注到她的身上,这是苛刻、老练、和精于算计的宠爱,在这方面,加斯廷太太是十分精通的。她野心勃勃:她要为女儿争取的可不是一般的好姻缘,那必须是一桩金玉良缘。

　　凯蒂从小就知道自己将是一个美女,对于母亲的野心,她也不仅仅只是有所猜测而已。这也符合她本人的心愿。她被带进了社交界。为了让她遇见理想的男子,加斯廷太太尽显神通,争取受邀去参加各种舞会。凯蒂很快便崭露头角了。她非常招人喜欢,又那样美丽动人,不久就有十几个男子爱上了她。但是却没有一个合适的,于是,凯蒂迷人而且友善地与那些人周旋,同时又小心防范,决不委身于任何一个。在南肯辛顿家中的客厅里,每到星期天的下午都会挤满了前来献殷勤的年轻人,但是加斯廷太太发现(并且带着冷酷的微笑加以首肯),她根本用不着自己出面把他们同凯蒂隔开。凯蒂游刃有余地同他们调笑,沉湎于挑拨他们彼此争斗,但是一旦有人向她求婚(他们一个不落地都尝试过),她便十分得体,却又非常果决地加以拒绝。

　　她头一年的社交季节就这么过去了,如意郎君并未出现,第二年亦复如是;不过她还年轻,还等得起。加斯廷太太跟朋友们说,她觉得,一个姑娘不到二十一岁就嫁人未免可惜了。然而,第三年过去之后,第四年亦飘然而逝。她的两三位旧情人再次向她求婚,但是他们仍旧一文不名;另有一两位前来求婚的小伙子竟比她还要年轻;还有一位印度的退休文职人员、印度帝国的司令勋章爵士也来求婚,他则已经五十三岁了。凯蒂依然不断地参加各种舞会,前往温布尔顿①和洛兹②,去阿斯科特③和亨利④。她尽情地享乐;然而依旧没有哪个地位和收入都令她满意的人向她求婚。加斯廷太太日益坐卧不安。她注意到凯蒂已经开始吸引四十岁,甚至更老的人上门了。她提醒凯蒂再过一两年她就红颜不再,而年轻的姑娘则会不断地涌现出来。加斯廷太太在家里讲话直言不讳,她尖刻地警告女儿,她已经没有市场了。

　　凯蒂耸了耸肩膀。她觉得自己跟从前一样漂亮,也许更加漂亮了,因为最近四年她学会了穿着打扮,而且时间还有的是。如果她只是为了结婚而嫁人,就会有十几个小伙子跳出来争抢这个机会。毫无疑问,意中人迟早会出现的。可是,加斯廷太太对处境的判断则更加精明:因漂亮的女儿一再错失良机而心怀不满的她,已经把标准稍微降低了一些。她回过头去关注她先前曾傲慢地不屑一顾的职业阶层,想找到一位前程值得她信赖的年轻律师或者商人。

　　转眼凯蒂已经二十五岁了,依旧待字闺中。加斯廷太太恼羞成怒,经常毫无顾忌地冲着凯蒂发泄心中的不满。她责问凯

---

① 温布尔顿,在伦敦附近,每年都举办著名的国际网球比赛。
② 洛兹,伦敦的板球场。
③ 阿斯科特,在英国伯克郡,每年在此举行赛马会。
④ 亨利,泰晤士河流经的市镇,每年在此举办国际赛船大会。

蒂还指望父亲养活她多久。为了给她一个机会,父亲已经耗尽了疲惫的精力,而她却没有抓住它。加斯廷太太从来没有想过,或许正是由于她的过分热情,使受到她极力怂恿的那些富家子弟或爵位继承人们吓得止步不前。她把凯蒂的失败归咎于愚蠢。不久,多丽斯也踏入了社交圈。她的长鼻子一如从前,体型丑陋,而且舞技极差。可是她在第一个社交季节里,便和杰弗里·丹尼森订婚了。杰弗里是一位战时被授予准男爵爵位的幸运的军医的独生儿子。杰弗里将继承这个爵位——一位医学界的准男爵算不上多么了不起,但是爵位,感谢上帝,毕竟是爵位——和一笔颇为丰厚的财产。

慌乱之中,凯蒂嫁给了沃尔特·费恩。

9

　　凯蒂认识沃尔特的时间不长,而且也没有过多地注意他。她也弄不清究竟是在何时何地与他初次相遇的,直到订婚后他才告诉她,他们是在朋友们带他参加的一场舞会上相识的。凯蒂肯定没有注意到他,她跟他跳舞,纯粹是因为她为人随和,只要有人邀请,她都乐意陪跳。一两天后,在另一场舞会上,他走过来和她说话,她却根本不认识他。之后她才注意到,在她参加的所有舞会上都能见到他。

　　"你瞧,现在我少说也已经跟你跳了十来次舞了,你总该告诉我你叫什么名字了吧?"终于有一天,她嘻嘻哈哈地对他说。

　　他明显地吃了一惊。

　　"你说你不知道我的名字?人家介绍咱俩认识时,跟你说过的呀。"

　　"哦,有人说话总是含含糊糊的。你要是不知道我叫什么,我可是一点儿都不奇怪。"

　　他冲她微微一笑。他的表情是庄重的,并略显严峻,但是他的微笑是温和的。

　　"我当然知道你叫什么。"他停顿了一会儿,"你没有好奇心吗?"

"我跟大多数女人一样,十分好奇。"

"你就没想过问问别人我叫什么吗?"他问。

她觉得好笑。她不明白,他为什么认为他的名字应该引起她的兴趣。但是她愿意讨人欢心,因此她看着他,露出她固有的灿烂的微笑,那双美丽的、宛如森林中的清水池塘般的眼睛里含着动人的善意。

"哦,到底叫什么呢?"

"沃尔特·费恩。"

她不知道他为什么要来跳舞,他跳得并不太好,而且似乎和大家都不熟。她闪过了一个念头,他许是爱上自己了。但是她耸耸肩打消了这个念头:她知道,许多姑娘总以为她们遇到的所有男人都爱上了自己,其实不过是在空欢喜罢了。但是,她还是对沃尔特·费恩稍加留意了。他的表现与其他那些曾经爱过她的年轻人明显不同。那班年轻人绝大多数都是不加掩饰地向她表白,并且急切地想要吻她——许多人真那么做了。但是沃尔特·费恩却绝口不谈她,也很少说自己。他毋宁说是个沉默寡言的人。对此她并不介意,因为她有说不完的话,而且当她说出一些滑稽议论,引发他的大笑时,还让她十分愉快。不过他一旦开口,却也谈吐不俗。他显然十分腼腆。他好像是住在东方,是回国来休假的。

一个星期天的下午,他来到了她在南肯辛顿的家中。当时来了十几个人,他坐了一段时间,多少有些不自在,然后就走了。她母亲过后向她打听他的情况。

"我也说不清。是你请他来的吗?"

"是的,我是在巴德利家碰见他的。他说他在许多舞会上都见过你。我告诉他,我星期天都在家里。"

"他叫费恩,在东方谋了份什么差事。"

"对,他是医生。他爱上你啦?"

"说实话,我不知道!"

"我还以为,到现在为止,要是哪个年轻人爱上了你,你自己能判断呢。"

"要是他真爱我,我也不会嫁给他。"凯蒂轻蔑地说。加斯廷太太没吱声。她的沉默因不满而显得格外沉重。凯蒂脸红了:她明白,母亲现在已经不在乎她嫁给什么人了,只要能设法把她打发走就行。

10

随后的一个星期,她在三次舞会上碰到过他,现在他的腼腆似乎打消了一些,稍微地易于交谈了。他确实是医生,但并不开业:他是个细菌学专家(凯蒂只是模模糊糊地知道那是什么意思),在香港工作。秋天就要回去。他说了许多有关中国的事。不管别人讲什么,她都能做出听得津津有味的样子来。不过香港的生活听起来确实非常有趣;那儿有夜总会,网球,赛马,马球和高尔夫。

"那儿的人经常跳舞吗?"

"嗯,应该是。"

她不知道他跟她说这些是否有什么目的。他似乎很愿意和她交往,但是除了把她看成一位萍水相逢并一起跳舞的姑娘之外,他从未通过诸如握手的力度、某种眼神或一句话,向她传达出哪怕是最细微的其他暗示。下一个星期天,他又来到她家里。因为下雨,父亲未能去打高尔夫,刚好在家。他和沃尔特·费恩聊了很长时间。事后,她问父亲他们都聊了些什么。

"他好像是常驻香港。那儿的审判长是我在律师界的一个老朋友。看来,他是个绝顶聪明的年轻人。"

她知道,父亲为了她和妹妹的缘故,多年来不得不去接待那班年轻人。通常情况下,他对他们总是烦得要命。

"你能喜欢上一个来找我的年轻人可真是稀罕,爸。"她说。

他把温柔疲惫的目光投到女儿身上。

"你有可能嫁给他吗?"

"肯定不会。"

"他爱你吗?"

"我看不出来。"

"你喜欢他吗?"

"不太喜欢。有点儿烦他。"

他根本不是她属意的那种类型。个子不高,也不结实,偏于瘦小和单薄。脸挺黑,胡子刮得干干净净,面貌极其普通,轮廓分明。他的眼睛几近黑色,不大,直勾勾的不怎么移动,盯视物体时异常执着;那是一双好奇,但不讨人喜欢的眼睛。就凭他那笔直精致的鼻子、漂亮的眉毛和轮廓端正的嘴巴,他应该有一副不错的长相,然而奇怪得很,他并不好看。凯蒂有时竟然开始想到他了,令她感到惊奇的是,他的相貌特征若是单独地分开来看,竟然都是不错的。他的表情略带嘲讽,凯蒂随着对他了解的增多,开始意识到自己不大容易同他相处。他的性格过于沉静。

社交季节即将结束,他们已经有过多次会面了,然而他还是一如既往地冷漠和令人费解。他在她的面前并非真的腼腆,而是显得局促不安。他的言谈依然隔膜而缺乏情趣。凯蒂得出了结论,他根本就不爱她。他只是喜欢她,觉得她易于交谈而已,等他十一月回中国后,就不会再想她了。她怀疑,说不定他一直都在同香港某家医院的哪个护士拍拖呢,那姑娘可能是牧师的女儿,呆板迟钝,相貌平平,平足而蠢笨,只知道卖力干活,这样的老婆倒的确和他相当般配。

多丽斯与杰弗里·丹尼森正式宣布订婚了。多丽斯刚十八岁，就结下了美满姻缘，而她已经二十五岁了，依然是孤身一人。难道她就嫁不出去了？那年唯一向她求婚的，是一位尚在牛津读书的二十岁的小伙子，她不能嫁给一个比自己小五岁的男孩子。她曾经干了一件蠢事。前一年，巴斯市的一位新近丧偶、有着三个孩子的爵士向她求婚，却被她拒绝了。她几乎有些后悔了。现在，母亲将变得更加可怕；而多丽斯呢，由于家里一直将择得乘龙快婿的期望寄托在凯蒂身上，多丽斯一直备受冷落，现在她少不得要幸灾乐祸了。凯蒂的心情极度消沉。

11

然而,一天下午,她从哈罗兹百货商店出来往家走,在布朗普顿大街上偶然碰到了沃尔特·费恩。他停下来和她说话。然后,他漫不经心地问她,是否愿意跟他一起去公园转转。她并不急着回家,那个公园也确实不失为一个惬意的去处。于是两人一同漫步,像往常一样无拘无束地交谈。他问她夏天打算到哪儿去。

"噢,我们多半都窝在乡下。你想,父亲忙乎了一个开庭期,累得筋疲力尽的,我们只想找一个最安静的地方躲起来。"

凯蒂实际上是言不由衷,她当然很清楚,父亲的那点儿工作根本就累不着他,而且即使给他说话的机会,度假地点的选择也不会去征求他的意见。不过,安静的地方照例会便宜些。

"你想不想到那些椅子上去坐坐?"沃尔特突然问。

顺着他的目光,她看见在草地当中的一棵树下,有两把绿色的椅子空在那里。

"咱们去那儿坐会儿吧。"她说。

但是当他们坐下来后,他却莫名其妙地显得神不守舍了。他真是个怪物。但是,她继续兴致勃勃地聊着,一边却在猜测他邀请自己来公园散步的原因。也许,是想向她吐露他对香港那位平足的护士小姐的感情吧。突然,他打断了她的话,朝她转过身来,她不得不认为他压根儿就没听她说话,他的脸变得煞白。

"我想告诉你一件事。"

她迅速地看了他一眼,发现他的眼睛里充满了痛苦的焦虑神情。他的嗓音发紧,低沉,不大连贯。但是,还没等她弄明白他的焦虑是怎么回事,他又开口了。

"我想问你,你愿意嫁给我吗?"

她大惊失色,茫然地看着他。"你吓死我啦。"她回答。

"我非常爱你,你没看出来吗?"

"你从来就没有表示过。"

"我太笨。我总觉得把自己的意思说清楚特别难。"

她的心跳开始稍微加快了。过去,经常有人向她求婚,但都是高高兴兴,或是温柔多情地向她表达的,她也用相同的方式给以回应。还从没有人用这种唐突,又带些莫名其妙的悲剧情调向她求婚过。

"谢谢你。"她满腹狐疑地说。

"我第一次见到你就爱上你了。早就想向你求婚,但是实在没有勇气开口。"

"我也不知道你那样做好不好。"她笑了。

她很高兴能有机会笑一笑,因为原本是阳光灿烂的日子,周围的气氛却不祥地突然变得压抑起来。他眉头深锁。

"哦,你明白我的意思。我不想失去希望。可是你马上就要走了,秋天我也必须回中国去。"

"我没想到你会这样。"她无可奈何地说。

他不再做声了,阴郁地低下头去看着草地。他是个非常古怪的人。可是,既然他已经向她表白了,她反倒感到有些棘手,毕竟像他这样的爱情她以前还从未遇上过。她吃惊不小,但也有些得意。他平时矜持冷漠的样子,依稀如在目前。

"你得给我点儿时间,让我想想。"

他还是一声不吭,也不起来走动。难道他想等她当场做出决定?那太荒唐了。她必须和母亲商量一下。她刚才说话时就应该站起来,她以为他会回应,就等着没动,现在,不知为什么,她倒觉得自己很难动身了。她不去看他,但能够感觉到他的举动。她从未想过会嫁给一位比自己高不了多少的男人。当你挨着他坐着,就能发现他的五官长得有多好,他的表情又是何等的冷漠。令人奇怪的是,你会不由自主地感受到他心中的伤心欲绝的情感。

"我不了解你,一点儿都不了解。"她声音颤抖地说。

他看了她一眼,她觉得他的目光吸引着自己。那目光里有一种她以前从未见过的温柔,但也含有某种哀求的意味,就像一只挨了鞭打的狗的目光一样,这使她略感不快。

"我想,我会让你了解的。"他说。

"你很害羞,是吧?"

这肯定是她遇到过的最为古怪的求婚。即便是现在,她仍然觉得当时两人所谈的,都是在那种场合下最为匪夷所思的内容。她一点儿也不爱他。她不知道自己当时为什么会犹豫,没有立刻拒绝他。

"我真笨,"他说,"我想告诉你我爱你超过了爱世上的一切,但是我觉得很难开口。"

也真奇怪,这话莫名其妙地感动了她。显而易见,实际上他并不冷漠,只是行为木讷而已。这时,她对他的好感超过了以往任何时候。多丽斯已定于十一月结婚。那时,他也该返回中国了,如果她嫁给了他,她就可以和他一道离开。在多丽斯的婚礼上当伴娘,那种滋味可不好受。如果能够逃避,那将是再好不过的事。况且,那时多丽斯就成了已婚女人,而自己却依旧待字闺中!大家都知道多丽斯有多么年轻,那就更显出自己是老姑娘了。那将令她无地自容。对她来说,嫁给他并不十分令人满意,但毕竟嫁出去了。而且,在中国生活也能使她的处境得到改善。她实在受不了母亲那不肯饶人的舌头了。唉,平素和她交往的所有女孩都早嫁人了,而且大都有了孩子。去看望她们,并夸张地称赞她们的孩子,已经让她深感疲倦。沃尔特·费恩给她提供了一种新的生活。她胸有成竹地笑着扭过身去看着他。

"如果我马上答应嫁给你,你打算什么时候娶我呢?"

他高兴得一下子喘不过气来,白色的脸涨得通红。

"现在。马上。越快越好。我们去意大利度蜜月。八月和九月。"

这样她就不必跟着父母,在每周租金为五个几尼的乡下牧师的住宅里度过整个夏天了。瞬间她的脑海里出现了登在《晨报》上的一则声明:新郎须返东方,婚礼即日举办。她了解她的母亲,母亲一定会弄出些惹人注目的动静来的。起码,多丽斯将暂居幕后,而等到多丽斯举办更加盛大的婚礼时,她已经远走他乡了。

她伸出手去。

"我觉得我很喜欢你。你得给我时间让我适应你。"

"那么,你同意了?"他打断了她。

"我想是的。"

12

当初她根本不了解他,现在,结婚已经将近两年了,她对他也只是略知一二而已。开始时,她被他的关心所感动,他的热烈的情感令她喜不自胜(尽管感到意外)。他极为体贴,尽心尽力想使她过得舒适,她的任何微小的愿望,他无不即刻给予满足。他经常送给她一些小礼物。她偶有微恙时,谁也不能像他那样温柔或体贴周到。她把一些烦人的事情交给他去做,倒好像是对他格外施恩似的。他总是非同一般地彬彬有礼:当她进屋时,他会起立相迎;他总是扶她下车;如果在街上偶然遇见她,他会脱帽致意;当她要离开房间时,他不忘替她打开房门;他从不未经敲门就闯入她的卧室或闺房。他不像凯蒂见过的多数男人对待自己的妻子那样对待她,倒像是在乡间寓所里招待一位客人似的。尽管令人满意,但多少有些滑稽。如果他能随便点儿,她倒更有和他一起待在家里的感觉。他们的夫妻关系并没有让她更贴近他。他那时很容易动感情,偏激,偶尔有点歇斯底里,而且多愁善感。

发现他那么容易感情用事,让她感到困惑不安。他的自制到底是源自他的腼腆还是长期的训练,她不得而知。当她躺在他的怀里,他的欲望得到满足时,这个平时那么羞于谈及荒唐之事,那么担心自己行为可笑的人,竟然用小孩子的口气说话,这让她多少有些瞧不起他。一次,她笑着告诉他,他说的都是些最无聊的废话,这深深地刺痛了他。她感到他搂着自己的胳膊渐渐松开了,他沉默了一会儿,然后一句话都不说,放开了她,并走进了自己的房间。她不想伤害他的感情,一两天之后她对他说:

"你这个老东西可真够傻的,我才不会在乎你跟我说的那些傻话呢。"

他不好意思地笑了笑。不久她就发现了,他有一种让人极不开心的落落寡合的缺点。他十分内向。在聚会时,大家都开始唱歌了,沃尔特却从来不肯加入。他坐在那儿笑,显出满足开心的样子,其实他的笑是装出来的。毋宁说那是嘲讽的苦笑。你不禁会觉得,他把那些兴高采烈的人们全都看成了一群傻瓜。对于凯蒂兴味极浓的多人一起玩的各种圆圈游戏,他也从不参加。在去中国的旅途中,其他人都很讲究穿着,而他却拒不肯穿任何考究的服装。他显然将穿着打扮看成无聊之举,这让她极为扫兴。

凯蒂生性活泼,喜欢一天到晚说个不停,而且动不动就放声大笑。他的沉默常令她不知所措。他经常对她的一些随便的议论爱搭不理,令她非常气愤。不错,那些议论用不着回答,但即便是千篇一律的回答也能让人舒服些。如果下雨了,她说:"雨下得真大。"她希望他能说一声:"哦,是吗?"他却一声不吭。有时她都想去推推他。

"我说雨下得真大。"她又说了一遍。

"我听见了。"他回答,温柔地笑笑。

看得出来,他无意闹别扭。他不说话是因为无话可说。但是如果谁都是有事才说话,凯蒂笑着思索,那么要不了多久,人类大概就不会说话了。

13

　　毋庸置疑，他事实上毫无魅力，因此也没有人缘。这一点，凯蒂到香港后没过多久就发现了。关于他的工作，她依然不大了解。不过对她来说，只要知道——她知道得一清二楚——政府聘用的细菌学家没有多大油水这一点就足够了。他对自己的职业生涯似乎不愿跟她多谈。因为起初，当她对任何事情都抱有兴趣时，曾向他打听过工作方面的事情，而他却用一句玩笑话就把她敷衍了。

　　还有一次，他对凯蒂说："这是技术性的工作，非常枯燥，而且工资很低。"

　　他的口风很紧。她所知道的有关他的一切：他的经历、出身、教育和认识她之前的生活情况等，都是在她的直接追问下得知的。很奇怪，好像唯一能惹他心烦的事就是问他问题。而且当她出于自然的好奇心，向他提出一连串的问题时，他对每个问题的回答往往会变得越来越支吾其词。她能够看出来，他之所以不想回答，并非有什么事想瞒着她，而纯粹是他隐匿的天性所致。他烦于谈论自己，那会让他不好意思和不舒服。他不知道如何敞开心怀。他喜欢读书，但是凯蒂觉得，他读的那些书都非常枯燥。埋头于科学专著之余，他就读有关中国的书或历史著作。他从不轻松娱乐一下。她觉得他根本就不会放松。他倒是喜欢一些比赛,如网球和桥牌。

　　她奇怪他为什么会爱上她。她想不出还会有谁比她更不适合于这个自律、冷漠和沉着镇静的男人了。然而,毋庸置疑,他狂热地爱着她。为了使她高兴,他能去干天底下的任何事情。他就像是她手里的一团蜡。当她想到他在她面前暴露出来的、仅为她一人所见的那一面时,她有点儿鄙视他。对于她所喜欢的许多人和事,他都持有一种带着轻蔑容忍的嘲讽态度,她怀疑他的这种态度,不过是他掩饰灵魂深处的弱点的外表而已。她认为他很聪明,大家似乎都这么认为。但是,除了当他极其偶然地和两三位要好的朋友在一起,而且是在他心情正佳的情况下,她从未见他尽情欢乐过。他并非故意惹她心烦,只是对她心不在焉而已。

14

虽然凯蒂曾多次在茶会上碰见过查利·汤森的太太,见到查利本人却是在来到香港的几个星期之后。她只是在跟丈夫一起去他家吃饭时,才通过别人的介绍认识了他。凯蒂是有所防范的。查尔斯·汤森①是助理辅政司,凯蒂无意容许他以屈尊俯就的态度来对待自己,她从堪称彬彬有礼的汤森太太身上就觉察到了那种优越感。接待他们的房间相当宽敞。家具的配备跟凯蒂在香港见过的所有其他客厅的风格一样,舒适而简朴。那是一场大型的聚会。他们是最后到的,进去时,身穿制服的中国佣人正在传递鸡尾酒和橄榄。汤森太太不拘礼仪地过来跟他们打招呼,并看着一张名单告诉沃尔特,他将与哪些人一道共进晚餐。

凯蒂看见一位高大的、非常英俊的男子朝他们走了过来。
"这是我的丈夫。"
"我将有幸坐在你的身边。"他说。
她顿时放松下来,内心的戒备消逝一空。尽管他眼含笑意,她还是从中看出了闪烁的惊异。她深解其中的意味,这让她不

---

① 查利是查尔斯的简称。

由得想笑。

"我都没法吃晚饭了,"他说,"尽管我了解多萝西,她准备的晚饭将极为精美。"

"为什么?"

"应该早点儿告诉我。应该有人早点儿警告我。"

"什么事?"

"谁都没透露一个字。我怎么知道将会碰见一位绝色美女呢?"

"这让我说什么好呢?"

"什么都别说。听我说就行了。我要一说再说。"

凯蒂颇为镇静,她想知道,关于自己,他的太太究竟都对他说了些什么。他一定询问过。而这时,正低头笑眯眯地看着她的汤森突然想起来了。

"她什么样儿?"当太太告诉他碰见了费恩医生的新婚妻子时,他曾这样询问过。

"哦,挺漂亮的小妞。明星似的。"

"她是演员吗?"

"哦,不,我想不是。她的父亲是个医生,或者律师,或者别的什么。我想咱们应该请他们夫妇来吃饭。"

"用不着那么急吧?"

当他们挨着坐在桌边时,他告诉她,沃尔特一来到这个殖民地,他就同他认识了。

"我们常在一起打桥牌。毫无疑问,他是俱乐部里打桥牌的顶尖好手。"

在回家的路上她跟沃尔特说了。

"噢,那算不上什么。"

"他打得怎么样?"

"不坏。要是牌好,他能打得非常棒,不过,要是拿到了坏牌,那他就一塌糊涂了。"

"他打得跟你一样好吗?"

"我不觉得自己打得有多了不起。我应该属于二流牌手里最好的。汤森觉得自己是一流牌手,但他不是。"

"你喜欢他吗?"

"谈不上喜欢或不喜欢。我相信他挺称职的。大家都说他是个运动好手。我对他没有多大兴趣。"

这已经不是第一次了,沃尔特模棱两可的态度惹得她生气。她暗自思忖,究竟有什么必要那么谨慎呢?你或者喜欢某人,或者不喜欢。她非常喜欢查尔斯·汤森。这是她始料未及的。他大概是这个殖民地里最受欢迎的人了。据说辅政司不久就要退休了,大家都希望汤森会接替他。他打网球、马球和高尔夫。他还养着几匹赛马。他总是想帮任何人的忙。他从不为繁文缛节的公务所拖累。他也不摆架子。凯蒂也不知道是什么原因,先前在听到别人夸奖他时,她总有些愤愤不平,不由自主地认为他一定是个相当自负的人。她何其荒唐。这样的指责实在不应该落在他的头上。

那天晚上她很开心。他们聊到伦敦的剧院、阿斯科特的赛马和考兹的船赛,聊了她所知道的所有事情,因此,她得知很有可能曾经在伦敦的伦诺克斯公园的某座漂亮房子里遇见过他。后来,晚饭后,大家都来到客厅,他再次溜达过来,坐在她身边。虽然他并没有说什么非常可笑的事情,但还是逗得她哈哈大笑。那一定是由于他讲话的样子:在他低沉浑厚的嗓音里有一种亲昵的声调,和蔼明亮的蓝眼睛里透着令人愉快的神采,这让你跟他在一起时感到非常地放松。显然,他极具魅力。正是这些使得他如此地和蔼可亲。

他身材高大,她估计起码有一米八八,而且体型健美;他显然极为健康,身上没有哪怕一盎司的多余的肥肉。他衣着考究,而且很会穿衣服,是那间屋子里服饰最为优雅的男士。她乐见男人时髦潇洒。她的目光移到了沃尔特身上:他真应该把自己打扮得稍微好一点。她注意到了汤森衬衫袖口的链扣和马甲的扣子,与她在卡蒂埃珠宝店里见过的十分相似。显然,汤森夫妇家道殷实。他的脸晒得黝黑,但是日晒并没有掩盖住他两颊的健康颜色。她很喜欢他那副整齐卷曲的小胡子,丰满的红唇并没有被胡子遮住。他的头发是黑色的,不长,擦得很亮。当然,他五官中最为迷人的,还是浓密的眉毛之下的那双眼睛:它们非常蓝,含着温柔的笑意,让人相信他有着和蔼可亲的性情。生着这样一对蓝眼睛的人绝不会去伤害别人。

她不会不知道自己已经给他留下了印象。即便他没有对她说那些甜言蜜语,他的热烈赞美的眼神也将他的心思表露无遗了。他的从容安闲很讨人喜欢。他毫不忸怩羞涩。这样的氛围让凯蒂觉得无拘无束,她很喜欢他在善意的戏谑(这是他们交谈的主要成分)当中不时地掺入甜蜜的恭维话的谈笑方式。在握手告别时,他按了按她的手,对此她心领神会。

"希望不久能再次见到你。"他漫不经心地说。不过他的眼神赋予这句话的含义,她不会看不出来。

"香港很小,是不是?"她说。

15

谁能想到三个月之内他们俩的关系竟会发展到如此的地步呢?他告诉她,那天晚上第一次与她邂逅,他就对她着了迷。她是他见到过的最美的女人。他清楚地记得她当时的穿着,那是她的结婚礼服,他说她就像山谷中的百合一样。在他向她吐露衷情之前,她就看出他爱上了自己,她有点儿害怕,便跟他保持着距离。但这绝非易事,因为他已经急不可耐了。她不敢让他吻自己,一想到他用双臂搂紧了自己,她就心跳不止。此前她还从未真正堕入过情网,想不到竟是如此地妙不可言。当她知道了爱情为何物之后,就突然对沃尔特给与自己的那份痴情有了感同身受的理解。她开玩笑似的挑逗查利,发现他乐滋滋的挺受用。过去她大概还有些怕他,现在则自信多了。她故意逗弄他,而他一经戏弄便缓慢地露出微笑来,这让她很开心。他是那样地又惊又喜。日后,她想,他将会变得非常温柔和善解人意吧。既已领悟了男欢女爱那种事,她便轻巧地——犹如竖琴手用指尖轻轻地划过琴弦那样——逗弄他的感情以为消遣。她看到他一脸的茫然和困惑时,便开怀大笑。

当查利成了她的情人之后,她和沃尔特之间的关系便显得十分荒谬了。他那么严肃自制,不苟言笑,她几乎不愿意多看他一眼。不过她的心情极佳,以至无法对他过于挑剔。况且,要不是他,她也不可能认识查利。她是在犹豫再三之后,才迈出那最后一步的,倒不是因为她不愿意顺从于查利的情欲——她自己的情欲也并不亚于他的——而是因为她的教养和生活传统令她不敢造次。最终的越轨亦属事出偶然,在机会到来之前,她跟查利都未曾预料到它。事后,她惊奇地发现,自己的感觉竟然丝毫无异于从前。她原以为这件事将会使她产生某种她也不甚明了的奇异的变化,会使她觉得自己变成了另外一个人。然而当她站在镜子跟前时,却迷惑地看到,镜中的那个女人和从前并没有什么两样。

"你生我的气吗?"查利问她。

"我非常爱你。"她低声说。

"你浪费了那么多时光,不觉得太傻了吗?"

"傻透了。"

16

她的幸福感,有时简直到了令她无法承受的地步,这使她的美丽重新焕发了出来。结婚之前,她的青春魅力已经开始凋谢,她显得疲惫而憔悴。刻薄的人曾扬言,她已经青春不再。然而,一个二十五岁的姑娘和同龄的已婚女人之间,存在着天壤之别。她就像是花瓣边缘开始变黄的玫瑰花苞,转眼之间就出落成了一朵盛开的玫瑰。她明亮的眼睛里增添了更为丰富的神采;她的皮肤(从来都是她最为骄傲和精心呵护的部位)令人目眩神迷:它不能用红桃和鲜花来比喻,反倒是红桃和鲜花应以它做对比。她仿佛又回到了十八岁,处在了美丽娇艳的巅峰。这不能不引起人们的关注。她的女友们曾善意地小声问她是否已怀有身孕。那些曾说她不过是个鼻子偏长、面目姣好的女人的平庸之辈,也承认自己低估了她。她实在如查利第一次见到她时所说的,是一位绝色美女。

他们十分巧妙地暗中私通。他告诉她,他的背很宽("我不许你吹嘘自己的身材。"她轻佻地打断了他),扛得住事,因而此事对他来说并无大碍。但是为了她,他们绝不能冒一丁点儿风险。他们不能经常幽会,相约的次数连他的一半欲望都不能满足,但他得先为她着想。有时他们在古董店约会,偶尔，在午饭后没人的时候，他也到她家里来。但她在各种场合见到他的机会却很多。看他像对待大家那样，愉快而又一本正经地和她说话，她就直想笑。当大家听他妙趣横生地跟她调侃时，有谁能够想到，就在不久之前他还热烈地把她搂在怀里呢？

她崇拜他。当他穿着漂亮的长统靴和雪白的马裤打马球时，是那样英俊潇洒。他穿上网球服时，简直就像个小伙子。当然，他以自己的身材为傲：那是她所见过的最为健美的身材。为了保持体型，他不惜忍受痛苦。他从不吃面包、土豆和黄油，并积极地从事体育锻炼。她十分赞赏他对双手的精心护理，他每星期都要修剪指甲。他还是一名出色的运动员，就在前一年，还夺得了当地网球比赛的冠军。毫无疑问，他是她领教过的最佳舞者，与他共舞，令人梦寐以求。谁都不觉得他已经四十岁了。她告诉他，这的确令她难以置信。

"我认为那全是瞎说，你其实只有二十五岁。"

他笑了，感到十分高兴。

"呵，亲爱的，我的孩子都十五岁了。我已经是中年人啦。再过两三年，我就是个胖老头儿了。"

"你就是一百岁都十分可爱。"

她非常喜欢他那对漆黑浓密的眉毛。她想，或许正是那两道浓眉，使他的蓝眼睛具备了如此动人的魅力。

他多才多艺。钢琴弹得相当好，拉格泰姆钢琴曲自然不在话下，还能演唱喜剧歌曲，声音浑厚，幽默感极佳。她相信，任何事都难不住他。工作上他也非常机敏称职。他曾告诉她，他完成了某项困难的工作，因而得到了总督的特殊嘉奖。她听后跟他一样高兴。

"虽说未免有点自吹自擂,"他笑道,迷人的目光向她释放出爱意,"但是机关里谁也不可能做得比我更好。"

呵,她多么希望自己嫁给了他,而不是沃尔特!

17

当然,还不能确定沃尔特是否已经知道了事情的真相,如果他不知道,那就最好不再提及此事;可是,如果他知道了,那么说到底,或许这对大家都不失为最好的结果。起初,她只能偷偷摸摸地与查利见面,虽然不满意,至少还能将就。但是,她的情感与日俱增,如今,对于那些阻止他们永远在一起的障碍,她已经有很长时间变得愈来愈无法忍受了。查利经常对她说,他讨厌他的职务,因为它迫使他谨言慎行,也讨厌制约着他和她的各种束缚。他说,如果他们俩都能自由自在地生活,那该多好啊!她明白他的意思,谁也不愿意惹出流言蜚语,而且显而易见,在改变生活轨迹之前,必须深思熟虑。但是,如果自由突然降临到他们头上,呵,那一切将何其简单!

似乎,谁的损失都不会太大。她十分清楚查利和他太太之间的关系。多萝西是个冷漠的女人,多年来,他们之间已经根本没有爱情了。是习惯、便利,当然还有孩子,把他们维系在一起。与查利相比,凯蒂的处境更为棘手一些,因为沃尔特爱她。但他毕竟一心倾注在自己的工作上,而且,一个男人总会有一伙意气相投的知己,起初他可能会不好受,但最终还是能挺过来的。他完全有可能另择佳偶。查利曾对她说过,他弄不明白她怎么会落到了沃尔特·费恩的手里。

她勉强笑了笑,奇怪自己刚才还在为沃尔特的察觉而担惊受怕。当然,看见门把手慢慢地转动的确吓人。然而他们毕竟已经想到了最坏情况下沃尔特所能采取的行动,并已做好了应对的准备。查利跟她一样感到如释重负,这个世界上他们最为期盼的好事,就这样不期然地来到了他们面前。

说句公道话,她完全承认沃尔特是位绅士,而且他非常爱她。他一定能正确地处理此事,允许她跟他离婚。他们已经铸成了大错,好在及时发现了,故不致抱恨终身。究竟如何跟他谈,以及今后如何对待他,她已经在心里盘算好了。她将心平气和,面带微笑,却又坚定不移地同他谈。他们无须争吵。今后她也永远乐于同他相见。她真诚地希望,两年来他们共同度过的时光,将成为弥足珍贵的记忆永远留在他的心底。

"我估计,多萝西·汤森一点儿也不在乎跟查利离婚。"她想,"现在,他们最小的孩子就要回英国了,她最好也一起回英国。她在香港根本无事可做,在英国却可以跟孩子们一起度假。而且她还有父母在英国。"

事情其实非常简单,一切都会安排妥当的,既不会引起流言蜚语,也不会伤及感情。然后,她和查利就可以结婚了。凯蒂长出了一口气。他们将无比幸福。为了达到这个目的,经历一些波折是值得的。茫无头绪的画面一幅接一幅地出现在她的眼前,她想到了他们夫唱妇随的生活,想到了他们共同享有的欢乐,想到了结伴出游、同居的新屋,和他的节节晋升,以及她给予他的帮助,等等。他将以妻为荣,她呢,她将对丈夫崇敬有加。

然而,在这些浮想联翩的白日梦里,也贯穿着一股忧虑。这显得十分滑稽:仿佛是管弦乐队的木管乐器和弦乐器正在演奏田园牧歌般的优美曲调,而低音部的鼓却轻轻地敲出了不祥的节奏。沃尔特迟早要回家来,一想到要面对他,她的心跳就加快了。很奇怪,下午他离开时竟没有跟她说一句话。当然,她并不怕他。说到底,他又能怎么样,她反复地安慰自己,但却无法缓解心中的不安。她把要对他说的话又重复了一遍。当众吵闹能有什么好处呢?她感到非常抱歉,上天知道她无意伤害他,但是她实在无可奈何,因为根本就不爱他。与其装假,还不如道出真相。她确实希望不致惹他生气,但是既然他们已经做错了,那么唯一明智的做法就是坦然承认。今后,她想到他的时候,永远都会心存好感的。

但是,甚至就在她默默念叨这些的时候,也会突发一阵恐惧,令她手心冒汗。正因为她感到了害怕,所以对他的怒气也就越来越大。如果他想把事情闹大,那是他的事。如果到头来得不偿失,那他可别见怪。她要告诉他,她从没把他放在心上,跟他结婚后,她没有一天不感到后悔。他是个呆子。唉,他真把她烦死了,烦死了,烦死了!他自以为比任何人都了不起,真可笑;他毫无幽默感;她讨厌他的傲气、冷漠,和他的自我克制。你要是除了你自己,对任何人和事都不感兴趣,那你当然很容易克制自己。他令她反感。她不愿意让他亲吻。他有什么可自高自大的?他的舞跳得糟透了,他是晚会上最令人扫兴的人,既不能演奏,也不能唱,不会打马球,网球也未必打得比谁好。桥牌?谁在乎桥牌?

凯蒂越想越气,愤怒到了极点。看他敢不敢来责备她。发生的这一切全都是他的错。谢天谢地他终于知道了事情的真相。她讨厌他,但愿从此再也见不到他。没错,她庆幸这一切总算过去了。他为什么不能离她远点儿?是他不断地纠缠她,才害得她嫁给了他,现在她受够了。

"受够了,"她大声重复,气得发抖,"受够了!受够了!"

她听见了汽车的声音,在他们家花园的门口停住了。他正一步步地走上楼来。

18

  他进了屋子。她的心怦怦直跳,手在发抖。幸好她正躺在沙发上,手上捧着一本翻开的书,好像刚才一直在阅读似的。他在门槛那儿站了一下,两人的目光相遇了。她的心直往下沉,感到四肢一阵发冷,不由得哆嗦起来。她的惶恐可以用一句谚语来形容:有人在你的坟头上走动。他的脸色煞白。这样的脸色她以前曾经见过一次,那是当初他们一块儿坐在公园里,他向她求婚的时候。他的黑眼睛静止不动,深邃莫测,似乎异乎寻常地大。看来,他全都知道了。

  "你回来得真早。"她说。

  她的嘴唇发抖,以致话都说不清楚了。她感到害怕,担心自己会晕倒。

  "我觉得跟平时差不多。"

  他的声音让她觉得陌生。为了造成随意的气氛,他把最后一个字的声调提高了,但是显得勉强。她不知道他是否发现了她的四肢在颤抖。她是强忍着才没有尖叫起来。他垂下了眼睑。

  "我先去换衣服。"

  他离开了房间。她心烦意乱。两三分钟里,她一动不动,最后吃力地从沙发上站了起来,就像是大病了一场,身体尚十分虚弱似的,好不容易才站稳了。她不知道自己的腿能否撑得住。她扶着椅子和桌子,摸索着来到走廊上,然后用一只手扶着墙,走回了自己的房间。她穿上了茶服,再次来到起居室(他们只在举行聚会时才使用客厅),他正站在桌子旁边看《简报》上的插图呢。她只好硬着头皮走了进去。

"咱们下楼去好吗? 晚饭已经准备好了。"

"我让你久等了吧?"

糟糕的是,她控制不住嘴唇的颤抖。

他到底打算什么时候开口?

他们坐了下来,一时之间,两个人都没有说话。过了一会儿,他说起一件事,因为过于平淡无奇,所以更显得不祥。

"女王今天没来,"他说,"不知道是不是让暴雨耽误了。"

"她应该今天到吗?"

"是的。"

这时,她看了看他,只见他两眼紧盯着自己的盘子。他又谈起了另一件事,同样无关痛痒,是关于即将举行的网球联赛的,而且说得很详细。通常他说话的声音挺好听,语调丰富,可是现在,他说话的调子却一成不变。这极为反常。凯蒂觉得他是想从毫不相关的话题入手,逐步接近主题。他的眼睛始终盯着他的盘子,或是桌子,或是墙上的一张画,但就是不看她的眼睛。她看得出来,他不愿意看她。

吃完了饭,他说:"我们上楼去吧。"

"随你。"

她站立起来,他为她打开了门。当她从他身边走过时,他没有抬眼看她。来到起居室后,他又捧起了那份充满插图的报纸。

"那是最新的《简报》吗？我好像没看过。"

"我不知道。我没注意。"

那份《简报》放在家里已经有两个星期了，她知道他曾不止一次地反复看过。他拿起《简报》坐了下来。她再次躺到沙发上，捧起了自己的书。通常到了晚上，当只有他们两人时，他们会玩纸牌。他舒服地仰靠在扶手椅上，注意力好像都集中在那份《简报》的插图上了。其实他根本就没有翻动报纸。她想阅读，但是眼前的字迹一片模糊，根本看不清楚。她的头开始剧烈地疼痛起来。

他到底什么时候开口？

他们沉默不语地坐了一个钟头。她不再装作读书了，把书撂在大腿上，望着空中发呆。她小心翼翼，生怕弄出细小的动作或声响来。他保持着同一种舒服的姿势，坐着不动，两只呆滞的大眼睛凝视着报纸上的插图。他一动不动的样子极为吓人。凯蒂觉得他就像是一只野兽，随时都会蹿起来。

当他突然站起来时，她大吃一惊。她握紧了双手，感到自己的脸越来越苍白。总算要开口了！

"我有些工作要做，"他说得沉静而又平淡，目光移到一边，"如果你不介意，我就去我的书房了。可能要很晚才能弄完，你自己先睡吧。"

"好吧，今天晚上我确实挺累的。"

"那好，晚安。"

"晚安。"

他离开了房间。

19

第二天早上,她迫不及待地给汤森的办公室打电话:
"是我,什么事?"
"我要见你。"
"亲爱的,我非常忙。我有工作。"
"事关重大。我能去你办公室吗?"
"哦,不行,要我说,你还是别来。"
"那好,你来我这儿。"
"我离不开。下午行不行?最好别去你家,你说呢?"
"我必须马上见你。"
那边停顿了片刻,她担心对方挂断了。
"你还在吗?"她焦急地问。
"在,我在考虑。出什么事啦?"
"我不能在电话里说。"
又沉默了片刻,然后他说:
"好,听着,你要是同意,我想办法在下午一点时跟你见上十分钟。你最好去顾畴的店里等我,我会尽快赶到那儿。"
"是那家古董店吗?"她失望地问。

"嗯,我们总不好在香港酒店的大堂里碰头吧。"他回答。

她从他的声音里听出了一丝恼怒的意味。

"好吧。我去顾畴那儿。"

20

她在域多利道下了黄包车,沿着又陡又窄的小巷一直走到古董店。她在门口徘徊了一阵,好像是被陈设的古玩吸引住了。但是一个站在那儿等候顾客的伙计立刻认出了她,会意地冲她咧嘴笑了笑。他用中国话跟店里的某个人说了些什么,于是店主,一位穿着黑大褂的胖脸的矮个子男人,走出来跟她打招呼。她快速走了进去。

"汤森先生还没到。您先上楼去好吗?"

她来到店铺后边,爬上摇摇晃晃的黑暗的楼梯。中国人跟在她的身后,替她打开了去卧室的门。屋里很闷,弥漫着一股鸦片烟的呛人气味儿。她在一个檀木箱子上坐了下来。

不一会儿,她便听见了沉重的脚步声,压得楼梯吱嘎作响。汤森进了屋,随即把门关好。他脸色阴郁,见到她后,脸上的阴霾立刻一扫而空,露出他特有的迷人的微笑来。他立即把她揽入怀中,亲吻她的嘴唇。

"出什么麻烦了?"

"见到你就好多了。"她微笑着说。

他坐到床上,点燃了一根烟。

"今天早上你像丢了魂似的。"

"可不,"她回答,"我一整夜都没有合眼。"

他看了她一眼。他仍在微笑,但那笑容有些做作和不自然。她觉得在他的眼睛里有一层焦虑的阴影。

"他知道了。"她说。

他停顿了片刻才回应。

"他说什么了?"

"他什么都没说。"

"什么!"他机警地看着她,"那你凭什么认为他知道了呢?"

"种种迹象。他的表情。吃饭时他说话的样子。"

"他发脾气了吗?"

"没有,正相反,他非常有礼貌。不过,自从我们结婚以来,这是头一次,他在跟我道晚安时没有亲我。"

她垂下了眼睑。她拿不准查利是否明白这话的意思。通常在道晚安时,沃尔特会把她揽在怀里,用嘴唇贴住她的嘴唇,长时间地吻她。随着亲吻,他的身体会变得越来越温柔,情欲也越来越强烈。

"你怎么想,他干吗什么都不问呢?"

"我不知道。"

一时,两个人都不做声了。凯蒂一动不动地坐在檀木箱子上,焦急地看着汤森。汤森的脸色再次显得阴郁,眉头皱成了一个疙瘩。他的嘴角垂了下来。但是他突然抬起头来,眼睛里流露出一丝阴险的冷笑。

"我不相信他会把事情张扬出去。"

她没吭声。不明白他是什么意思。

"毕竟,遇到这种情况而睁一只眼闭一只眼的人,他绝不是头一个。闹得沸沸扬扬对他有什么好处?如果他真想闹事,他当时就会硬闯进你的卧室去。"他的眼睛眨了眨,咧开嘴巴笑了起来,"那样的话,咱们俩可真就傻眼啦。"

"你要是能看到他昨天晚上的样子就好了。"

"估计他会很难受。这当然是个沉重打击。对于任何一个男人,这都是一种奇耻大辱。不过,他总是显得呆呆的。沃尔特给我的印象不像是个喜欢家丑外扬的人。"

"我也觉得他不会,"她沉吟道,"他非常敏感,这我早就发现了。"

"对我们来说,情况还是有利的。我们最好设身处地地想一想,处在他那种情况会怎么办。一个男人处在他那种情况,只有一种方法可以挽回面子,那就是假装什么都不知道。我敢跟你打赌,他一定会这么做。"

汤森越说兴致越高,一双蓝眼睛闪烁发光,重新恢复了他轻松愉快的常态。他所表达的令人振奋的自信,具有很强的感染力。

"上帝知道,我不想说他什么坏话,但是归根结底,一个细菌学家实在没什么了不起。很有可能,一旦西蒙斯退休,我将成为辅政司,为沃尔特的利益着想,他应该跟我保持良好的关系才对。他跟我们大家一样,得为自己的生计考虑。你想,难道殖民地政府会厚待一个惹出丑闻的家伙吗?相信我,守口如瓶他将得到一切,惹是生非他将输得一干二净。"

凯蒂不安地挪动了一下身体。她知道沃尔特十分腼腆,她也相信,不敢当众吵闹和害怕引起公众的注意,可能会使他有所顾忌;但是她决不相信物质利益会对他起作用。也许她对他还不十分了解,但是查利对他则是一无所知。

"他可是疯狂地爱着我,这你想过没有?"

他没有回答,却用诡谲的眼光看着她。她熟悉并且迷恋这种诱惑的眼神。

"怎么,你想说什么?我知道你想发表高见。"

"嗯,你知道,女人经常会有这样的印象,以为男人疯狂地爱上了自己,其实并非如此。"

她第一次露出了笑容。他的信心感染了她。

"这话真叫人寒心。"

"我是在提醒你,最近你对你的丈夫并不十分关心。他大概已经不像从前那样爱你了。"

"无论如何,我反正不会自作多情地认为,你已经疯狂地爱上我了。"她反唇相讥。

"那你可错了。"

啊,听他这么说真是受用!她知道他爱她,对他的爱情深信不疑使她从心里感到温暖。他一边说着,一边从床上站了起来,走过来挨着她坐在檀木箱子上。他伸出胳膊搂住了她的腰。

"别再折磨你那可怜的小脑瓜儿啦,"他说,"我向你保证,没什么可担心的。我敢肯定他会假装什么都不知道。你也知道,这种事很难证明。你说他爱你,那他大概就不愿意失去你。我发誓,如果你是我的妻子,我宁肯承受任何痛苦,也不愿失去你。"

她向他靠了过去。她的身体变得柔弱无力,依偎在他的胳膊上。她对他的爱几乎成了一种折磨。他最后的那句话触动了她:沃尔特对她的爱是那么一往情深,如果她接受他的爱,他也许真准备去忍受任何屈辱。她能够理解这些,因为她对查利的感情就是如此。一阵自豪的兴奋流过她的全身,同时,她也隐隐地对那位爱得如此卑贱的人生出了几分轻蔑。

她深情地用胳膊搂住了查利的脖子。

"你这个人真是不得了。我来这儿的时候浑身哆嗦得像片树叶,而现在你已经把一切都摆平了。"

他捧起她的脸来,吻她的嘴唇。

"宝贝儿。"

"你让我安下心来了。"她叹了一口气。

"你放心好了,用不着紧张。你知道我会站在你的身边。我不会丢下你不管的。"

她彻底摆脱了恐惧,但刹那之间却又没来由地感到了遗憾,因为她原先的有关今后的各种打算全都落空了。现在,一切危险都已经过去,她反而希望沃尔特一意孤行地要求与她离婚。

"我知道我全靠你了。"她说。

"我也希望如此。"

"你是不是该去吃午饭了?"

"唉,该死的午饭。"

他把她拉得更贴近自己,她被紧紧地抱在他的怀里,他的嘴凑近了她的嘴。

"哦,查利,我得走了。"

"不行。"

她轻声笑了起来,笑声中含着爱的幸福和成功的喜悦。他的目光里透出沉甸甸的欲望。他把她扶起来,但不让她走,而是把她紧抱在胸前,并随之锁上了门。

21

整个下午,她都在思考查利关于沃尔特的那些议论。那天晚上她跟沃尔特要去赴晚宴,当沃尔特从俱乐部回来时,她正在穿衣打扮。他敲了敲她的门。

"进来。"

他没有推门。

"我直接去楼上换衣服。你还需要多久?"

"十分钟。"

他没再说什么,径直去了他的房间。他的声音仍然像昨天晚上那样不自然。她现在倒是十分自信了。她比他先换好了衣服,当他从楼上下来时,她已经坐在车里了。

"恐怕我让你久等了。"他说。

"不算太久。"她说,说话间还能微微笑一笑。

开车下山时,她谈到一两件事,但他的回应非常简短。她耸了耸肩膀,多少有一点儿不耐烦:如果他愿意生闷气,那就随他生去,她不在乎。到达目的地之前,一路上两人都没再说话。这是个大型的晚宴,人很多,菜肴极其丰盛。凯蒂一边愉快地跟周围的人聊天,一边注视着沃尔特。他面色煞白,十分憔悴。

"你丈夫看上去无精打采的。我还以为他不怕这里的炎热呢。他这阵子是不是工作太卖力了?"

"他工作起来总是那么卖力的。"

"我猜你们很快就要离开了,是吧?"

"嗯,是的,我想还是去日本,跟去年一样。"她说,"大夫说,我必须去避暑,要不然身体就要垮掉了。"

沃尔特不像以往外出赴宴时那样,席间不时地笑着瞟她一眼。他根本不看她。离开家那会儿她就注意到了,当他下楼来到车跟前时,他的目光就是转向别处的,而且当她下了车,他出于一贯的礼貌伸手去扶她时,也同样不去看她。这会儿,他在跟左右的女人们聊天时,脸上毫无笑容,两眼直直地、一眨不眨地看着她们。他的眼睛看上去特别大,在苍白的脸盘上黑如焦炭。他的表情僵硬而又严峻。

"跟他搭伴儿一定很开心。"凯蒂在心里挖苦道。

想到那些不幸的女士们,竟然跟如此可憎的面孔搭讪以寻开心,她就觉得十分好笑。

他显然已经知道了事情的真相,这已是毋庸置疑的了,而且他对她充满了怨愤。可是,他为什么不说出来呢?难道真是因为——尽管愤怒和痛苦——他太爱她了,因而担心她会离开他吗?这个想法让她非常瞧不起他,但是也并无恶意:毕竟,他是她的丈夫,是他给她提供了膳宿。只要不妨碍她,允许她做自己想做的事,她会非常友好地对待他。另一方面,他的沉默也许仅仅是因为他的病态的羞怯。查利的看法是对的,没有谁能比沃尔特更讨厌流言蜚语了。只要能够避免,他绝不妄置一词。有一次他告诉她,他曾经接到过传票,为一桩案子出庭作证,提供专家的证词,这害得他整整一个星期都睡不好觉。他的羞怯是一种病态。

另外，男人都很爱面子，沃尔特也一样。只要没人知道事情的真相，他可能巴不得把它抛在脑后呢。接着，她又去揣摩查利所说的另一番话是否也有可能是正确的：沃尔特知道怎么做对自己最有利。查利是这个殖民地里最受欢迎的人，而且不久即将接任辅政司一职。他可能对沃尔特非常有帮助。反之，如果沃尔特把他逼急了，他也是极不好惹的。想到情人的优势地位和坚定意志，她便十分得意。在他的强壮有力的怀抱里，她是那样的柔弱无力。男人真让你捉摸不透：她从未想过沃尔特会如此地自私缺德，然而这未必不可能；也许他的严肃仅仅是他卑劣狡诈的本性的一张假面具而已。她越想越觉得查利是对的。她再次朝丈夫那儿瞥了一眼，目光之中已经没有先前的宽容了。

刚才在他两边的那些女人已经在跟她们身边的人谈话了，他则孤零零地待在那儿。他直视着前方，完全忘记了身在宴会之中，眼睛里充满了极度的悲伤。这着实让凯蒂吃了一惊。

22

第二天午饭后,她躺了下来,正在昏昏欲睡时,却被一阵敲门声惊醒了。

"谁呀?"她生气地喊。

她很奇怪谁会在这个时候来打扰。

"我。"

她听出是丈夫的声音,赶紧坐了起来。

"进来吧。"

"我把你吵醒了吧?"进来时他问。

"确实如此。"她淡然地回答,这两天她都是用这样的口气跟他说话。

"能不能到隔壁房间去,我想跟你谈谈。"

她的心一下子提到了嗓子眼里。

"我把晨衣套上。"

他走了出去。她光脚趿上拖鞋,裹上晨衣。她看了一眼镜子,见自己面色极为苍白,便涂了些口红。她在门口站了片刻,定了定神以便交谈,然后神色自若地去见他。

"你怎么能在这个时候离开实验室?"她说,"我很少在这个时间见到你。"

"你能坐下吗?"

他不看她,说话的声音十分低沉。她乐于听从他的吩咐,坐了下来。她的膝盖有些抖,也无法继续用打趣的口气说话,于是便保持沉默。他也坐了下来,并点了一支烟。他的目光沿着屋子打转,似乎难以启齿。

突然,他直盯着她。因为很长一段时间他的目光都是游移不定的,这样的直视吓了她一跳,差点儿叫出声来。

"你听说过梅潭府吗?"他问,"最近,报纸上有关它的消息很多。"

她吃惊地盯着他,说话有些支吾。

"是那个发生霍乱的地方吗?昨天晚上,阿巴思诺特先生说起过它。"

"那儿发生了瘟疫。我相信那是近年来最严重的一次。那儿有一位传教士医生,三天前已经死于霍乱。那儿还有一座法国女修道院,当然,还有一位海关的人。其余的人都走了。"

他的眼睛仍然盯着她,她也不能把目光移开。她想从他的表情里看懂他的意思,但是她太紧张,除了察觉到一丝冷漠的警惕外,就看不出什么了。他怎么能这么直直地盯着自己,连眼皮都不眨一下。

"那些法国修女们正在尽力而为。她们已经把一家孤儿院改成了医院。但是人们像苍蝇一样大批地死去。我已经申请去那儿主持医院的工作了。"

"你?"

她大吃一惊。她的第一个念头是,如果他走了,那她就自由了,可以毫无阻挠地与查利约会了。但是这个念头使她浑身一震,脸顿时红了。他干吗那样看着我?她难堪地把目光移开了。

"有那个必要吗?"她犹豫地问。

"那儿一个外国医生都没有。"

"但你不是医生,你是细菌学家。"

"我是医学博士,这你知道,在从事专门研究以前,我曾在一家医院里做过大量的日常工作。事实上,我作为一个细菌学家,反倒更为有利。这是个极其难得的研究机会。"

他几乎是轻描淡写地说着,她瞥了他一眼,吃惊地发现他的眼睛里有一丝嘲讽的意味。她大惑不解。

"但是,那不是也很危险吗?"

"非常危险。"

他笑了,显出一副嘲弄的怪相。她用手捂住了前额。这简直是自杀。不折不扣的自杀。太可怕了! 她没想到他会这么做。她不能让他胡来。这太残酷了。她不爱他并不是她的错。但这让他是因为她而轻生的,她无法承受。眼泪慢慢地顺着她的脸颊流了下来。

"你哭什么?"

他的声音是冷淡的。

"没人强迫你去,对吗?"

"没有,我是自愿去的。"

"求求你,别去,沃尔特。如果发生意外,那就太可怕了。要是你死了,那可怎么办?"

虽然他依然面无表情,但是一丝微笑再次掠过了他的眼睛。他没有回答。

"那地方在哪儿?"停了片刻后,她问道。

"梅潭府吗? 在西河的支流。我们将沿着西河上去,然后再坐轿子。"

"我们是谁?"

"你和我。"

她迅速地看了他一眼。她以为是自己听错了。此时,他眼中的笑意已经延伸到了他的嘴角。他的黑眼睛正死死地盯着她。

"你希望我也去?"

"我以为你愿意。"

她的呼吸变得急促了。她打了个寒颤。

"但是,那显然不是女人该去的地方。几个星期以前,一位传教士就把他的妻子和小孩儿送到了香港,还有职业牧师协会的一个人和他的妻子也来到了香港。我在茶会上碰到了他的妻子。我记得她说,他们是从某个闹霍乱的地方逃出来的。"

"有五个法国修女在那儿。"

恐慌慑住了她。

"我不明白你的意思。我去那儿简直是发疯。你知道我多么脆弱。海沃德大夫说我必须去香港以外的地方避暑。我绝对受不了那儿的酷热。还有霍乱,把我的魂儿都吓没了。那简直是找死。我去那儿毫无道理。我会死的。"

他不回答。她绝望地望着他,几乎忍不住要哭出来了。他的脸色苍白阴郁,让她突然感到了害怕。从他的脸上,她看到了憎恨。难道他有意要害死她吗?对于这样的残酷设想,她自己做出了回答。

"这太荒唐。如果你觉得你应该去,那是你的事。但是你不能指望我去。我讨厌疾病。那是一场霍乱瘟疫。我不想假装勇敢,坦白地说,我没那个勇气。我要去日本,去之前我就待在这儿。"

"在我即将踏上危险的旅程时,我还以为你愿意陪着我呢。"

他这是公然地嘲弄她。她有些慌乱。她不太清楚,他的本意是否真跟他说的一样,还是只想吓唬吓唬她。

"我想,如果我拒绝去一个与我无关或派不上用场的危险地方,谁也没有理由指责我。"

"你会派上很大的用场,你可以鼓励我,安慰我。"

她的脸色越发苍白了。

"我不明白你说的是什么意思。"

"我不觉得这需要多高的智慧。"

"我不去,沃尔特。这样要求我太过分了。"

"那我也不去了。我这就去撤消原先的申请。"

23

她茫然地看着他。他说的话太出乎意料,一开始她几乎没弄懂那些话的意思。

"你到底在说些什么?"她畏缩地问。

连她自己都听出来这是明知故问。她从沃尔特严肃的表情里看出了不屑的神情。

"你把我当成傻瓜了。"

她不知道说什么才好。她决定不下来,是愤怒地宣称自己的清白呢,还是借机发作以指责他。他似乎看出了她的想法。

"我已经掌握了我所需要的全部证据。"

她哭了起来。泪水从她的眼睛里滚落下来,并没有什么特别的痛苦,她也不去擦拭:哭泣给了她一点儿时间使自己镇定下来。但是她的心里空荡荡的。他无动于衷地看着她,他的冷静令她害怕。他逐渐失去了耐性。

"你要知道,你哭也没有用。"

他的冷淡生硬的声音激起了她的愤慨。她渐渐地恢复了镇静。

"我才不在乎呢。我想,你也不会反对我跟你离婚吧。对于一个男人,离婚算不上什么。"

"请问,凭什么我要为了你而忍受哪怕是最小的麻烦呢?"

"这其实并没有给你造成什么实质的不同。请你拿出绅士风度来,这不算太过分吧。"

"我是为你今后的幸福才顾虑重重的。"

她坐了起来,擦干了眼泪。

"你这是什么意思?"她问他。

"除非汤森成为通奸案的共同被告,并且他的太太因不堪耻辱而被迫跟他离婚,他才有可能跟你结婚。"

"你不知道你在胡诌些什么。"她喊道。

"你真是愚蠢之极。"

他的口气十分轻蔑,气得她满面通红。或许是因为从前她从未听他说过任何不逊之词,听到的都是甜蜜、奉承和动听的话,所以她才气过了头。她已经习惯于他对她的任性妄为一味地恭顺迁就了。

"如果你想知道实情,我可以告诉你。他迫不及待地想跟我结婚。多萝西·汤森也十分愿意跟他离婚,一旦我们自由了,马上就结婚。"

"这些话是他亲口告诉你的,还是你从他的行为中得到的印象?"

沃尔特的目光里闪烁着辛辣的嘲讽。这让凯蒂觉得挺不自在。她也不太清楚查利是否明确地说过那些话。

"他说过不止一遍。"

"撒谎,你也知道这是在撒谎。"

"他全心全意地爱我。他爱我就跟我爱他一样强烈。这你也早就看出来了。我也不打算否认任何事情。为什么要否认呢?我们相爱已经一年了,我为此感到骄傲。在这个世界上,他就是我的一切,我很高兴你终于知道了实情。保密、妥协和其他偷偷摸摸的行为,早让我们烦透了。我嫁给你是个错误,我根本不该嫁给你,我真是太傻了。我从来就没有在乎过你。我们毫无共同之处。我不喜欢你喜欢的那些人,你感兴趣的事情也让我感到厌倦。谢天谢地这一切总算结束了。"

他一动不动、面无表情地看着她。他注意地听着,看不出任何被她的言谈所打动的表情变化。

"你知道我为什么嫁给你吗?"

"因为你想抢在你妹妹多丽斯之前出嫁。"

这倒是真的,不过这却让她不由得一怔,意识到他原来是知道的。说来奇怪,即便是在那样恐慌愤怒的时刻,这也激起了她对他的怜悯之情。他微微一笑。

"我并没有看错你,"他说,"我知道你浅薄,轻浮,无知。但是我爱你。我知道你的目标和理想是低下庸俗的。但是我爱你。我知道你是个平庸之辈。但是我爱你。现在想起来都觉得可笑,我曾经竭力对某些事假装开心,就因为那都是让你开心的事情,我曾经急切地想避开你,就因为怕你看出我不是一个无知、庸俗、喜欢散布流言蜚语的愚蠢之人。我知道你在智慧面前感到不知所措,只好尽量使你觉得,我跟你所熟悉的那帮人一样浅薄愚昧。我知道你嫁给我不过是权宜之计,但是我太爱你了,因此我不在乎。就我所知,大多数人,当他们爱上了某个人却没能得到爱的回报时,他们会感到不满。他们会变得愤怒和痛苦。我却不会那样。我从不奢望你爱我,我也找不出任何理由要求你爱我,我从不觉得自己十分可爱。我庆幸可以爱你,当我偶尔发现你喜欢我,或者当我从你的眼睛里看出一丝愉悦的怜爱时,我便欣喜若狂。我尽量不让自己的爱使你心生厌烦,那是我无法承受的,因此,我时刻都在留心我的爱情是否有使你不耐烦的苗头。大多数丈夫视为当然的对于妻子的权力,我却把它当作妻子给予我的恩惠。"

从小到大已经习惯于被人恭维的凯蒂,以前从未听到过这样的议论。她的心中升起了一股无名之火,将恐惧驱赶得一干二净,使她似乎快要窒息了,她感到太阳穴那儿的血管膨胀起来,怦怦直跳。一个虚荣心受到了伤害的女人,比一头失去了幼崽的母狮更具有报复性。凯蒂那略为偏方的下巴像猴子一样丑陋地突了出去,美丽的眼睛黑黝黝的充满了恶意。但是她克制着没有发脾气。

"如果一个男人不具备值得女人爱的必要条件,那是他的错,而不是女人的错。"

"那当然。"

他的嘲笑语气越发令她恼火,不过,她觉得保持冷静更可以刺伤他。

"我的教育程度不太高,也不太聪明。我不过是个十分普通的年轻女人。我喜欢的东西,那些从小到大与我朝夕相处的人们也都喜欢。我喜欢跳舞、打网球、看戏,我也喜欢从事体育活动的男人。不错,我讨厌你和你所喜欢的那些事情。它们对我来说毫无意义,我也不需要它们。你拉着我在威尼斯的那些画廊里没完没了地转来转去,但我却宁愿在桑威奇尽情地打高尔夫。"

"我知道。"

"如果我不是你所期望的那种人,那实在对不起。十分遗憾,与你体肤接触一直令我感到厌恶。这你实在也怨不得我。"

"我不怨你。"

如果他暴跳如雷，凯蒂反倒更容易应付。她可以用怒骂迎击怒骂。他的自控能力简直是超人的，现在她痛恨他的程度超过了以往任何时候。

"我觉得你根本就不是个男人。你明明知道我和查利在屋里，你为什么不闯进来？你起码应该狠揍他一顿。你害怕了吗？"

然而在她说这些的时候，她的脸红了，因为她感到害臊。他没有回答，但是她从他的眼睛里看到了冰冷的轻蔑。他的嘴角隐隐地浮现出一丝微笑。

"那也许是我太骄傲了，像某个历史人物一样，懒得动手。"

凯蒂无话可答，耸了耸肩膀。他目不转睛地盯了她好一会儿。

"我想，该说的我都说了。如果你拒绝去梅潭府，那我就去撤回我的申请。"

"你为什么不同意跟我离婚？"

他终于将目光从她身上移开了。他靠在椅子上，点燃了一支烟。他吸完了整支烟，没再说一句话。然后他扔掉了烟蒂，微微一笑。他再次看着她。

"如果汤森太太向我保证，她将同她的丈夫离婚，并且汤森也向我书面保证，在法院判决我们两家离婚后的一周之内同你结婚，那我就同意离婚。"

他说话的样子让她隐隐感到了不安。但是她的自尊迫使她郑重地接受了他的提议。

"谢谢你的宽宏大量，沃尔特。"

令她吃惊的是他突然迸发出一阵大笑。她气得脸都红了。

"你笑什么？我看不出有什么可笑的。"

"对不起。可能是我的幽默感太特殊了吧。"

她不满地看着他,想拿话挖苦和刺伤他,但是想不出反驳的话来。他看了看手表。

"你要是想去汤森的办公室见他,最好抓紧时间。你要是决定跟我去梅潭府,那后天就得动身。"

"你想让我今天就告诉他?"

"常言道时间不等人嘛。"

她的心跳加快了。倒不是因为心神不安,究竟是因为什么,她也不知道。她希望能有稍多的时间,让查利有所准备。但是她对他满怀信心,他爱她的程度不亚于她爱他,他绝不会逃避他们必须面对的抉择,对此她哪怕有过片刻的怀疑,都是对爱情的不忠。她庄重地转过身去面对着沃尔特。

"我觉得你根本就不懂得爱情。你无法理解我和查利之间的爱情是多么热烈。对我们来说,爱情的确是唯一重要的事情,我们可以轻而易举地为爱情做出任何牺牲。"

他向她微微欠身,未置一词,目送她趾高气扬地走出屋去。

24

她给查利写了一张便条:"急需见面。"华人听差让她稍等,不一会儿带回了答复,汤森先生五分钟后见她。她莫名其妙地有点儿紧张。她被领进了查利的办公室,随后查利走了过来,并跟她握手,但是当那个听差关上门离开之后,他便将这套亲切的例行礼节抛掉了。

"喂,亲爱的,你真不应该在上班的时间到这儿来。我太忙,再说我们也不能让人说闲话。"

她用美丽的双眼久久地看着他,她很想笑一笑,但是嘴唇发僵,笑不出来。

"事情不急,我才不来呢。"

他笑了,抓住了她的胳膊。

"好啦,既然来了,那就快坐下吧。"

这间屋子没有什么装饰,挺窄,天花板很高,墙壁涂成了深浅不同的赤褐色。办公设备仅有一张大桌子,一个汤森专用的转椅和一把供客人坐的皮扶手椅。坐在扶手椅上,凯蒂感到手足无措。汤森坐在桌子旁边。她以前从未见过他戴眼镜,不知道他需要它。他注意到她盯着自己的眼镜,便把它摘了下来。

"我阅读时才戴它。"他说。

她的眼泪止不住地流了下来,也不知道为什么,就开始哭了起来。她并不是在装模作样,而是下意识地想要引起他的同情。他茫然地看着她。

"出什么事了?哦,亲爱的,别哭。"

她掏出手帕来擦眼泪,并努力克制住哭泣。他按铃叫人,当那个听差来到门口时,他走了过去。

"要是有人找我,就说我出去了。"

"好的,先生。"

听差关上了门。查利坐在椅子的扶手上,搂住了她的肩膀。

"好了,亲爱的,把一切都告诉我吧。"

"沃尔特想要离婚。"她说。

她觉得他压在她肩膀上的胳膊松开了。他的身体变得十分僵硬。他们一时间陷入了沉默,然后汤森从扶手上站了起来,又坐到他的椅子上去了。

"你这话究竟是什么意思?"他问。

因为他的声音显得嘶哑,她迅速地看了他一眼,她发现他的脸色隐隐有些发红。

"我跟他谈了一次话。我是从家里直接赶来的。他说他掌握了他所想要的一切证据。"

"你没承认吧,是不是?你什么都没承认吧?"

她的心沉了下去。

"没有。"她回答。

"你能肯定吗?"他犀利地盯着她,问道。

"肯定。"她再次撒谎。

他背靠在椅子上,茫然地盯着对面墙上挂着的一幅中国地图。她焦急地望着他。他听到这个消息后的举止,让她多少有些困惑。她期待着他把自己搂到怀里,对她说他感到欣慰,因为现在他们可以永远在一起了。然而,男人总是让人捉摸不透。她轻声哭了起来,这回不是想博得同情了,而是觉得哭似乎是自然而然的事情。

"我们惹下大麻烦了。"他终于说了,"但是我们不能惊慌失措。要知道,哭没有任何用处。"

她听得出来,他的声音里透着焦躁,她擦干了眼泪。

"这不能怨我,查利。我实在是无能为力。"

"你当然无能为力。算咱们倒霉。这事我也有责任,不能全怪你。现在,当务之急就是如何来摆脱这件倒霉事。我估计你跟我一样,根本就不想离婚。"

她倒吸了一口气,探询地看着他。然而,他的心思根本没放在她的身上。

"我倒想看看他到底掌握了什么证据。我不知道他怎么能证明是我们俩在屋子里。我们从头至尾都是加倍小心的。我敢肯定古董店的那个老家伙不会出卖我们。即便沃尔特看见我们去那儿了,也没有道理不准我们一起淘古董啊。"

与其说他是在跟她说话,不如说是在自言自语。

"指控很容易,做到证据确凿可就难多了。每个律师都会这样告诉你。我们的办法就是否认一切,如果他威胁要提起诉讼,我们就跟他说,随他的便,我们一定奉陪到底。"

"我不能上法庭,查利。"

"为什么不能?恐怕你非上不可。上帝知道,我并不想把事情闹大,但我们绝不能认输。"

"我们为什么要辩护?"

"问得真怪。说到底,这事不仅关系到你,跟我也有关。不过,你其实用不着太担心。我们总能想办法制服你的丈夫。我唯一关心的是如何着手才万无一失。"

他好像有了主意,因为他冲她露出了迷人的微笑,说话的腔调——刚才还是生硬、刻板的呢——也变得讨人喜欢了。

"让你担惊受怕了,可怜的小宝贝,真是糟糕。"他伸出手去,抓住她的手,"我们确实遇到麻烦了,但一定能够摆脱它。这已经不是……"他顿住了,凯蒂估计他想说,他已经不是第一次摆脱这类麻烦了。"最要紧的是保持镇静。你知道,我决不会丢下你不管的。"

"我不怕。他干什么我都不在乎。"

他依然在笑,不过他的笑多少有点儿勉强。

"如果事情到了不可收拾的地步,我就只好跟总督直说了。他会把我骂死,不过他是个好人,并且老于世故。他会想办法解决问题的。出了丑闻对他也没什么好处。"

"他能做什么?"凯蒂问。

"他可以给沃尔特施加压力。如果拿功名前程晓以利害都不能让沃尔特屈服的话,那就利用他的职责观念令他就范。"

凯蒂听后感到有点沮丧。看来她未能让查利明白情况有多么严重。他轻松自在的样子令她焦虑不安。她后悔到他的办公室来。这儿的环境让她畏首畏尾的。如果她是依偎在他的怀里、搂着他的脖子跟他说话,那就可以把想说的话尽情地说出来了。

"你不了解沃尔特。"她说。

"我知道每个人都有他的要价。"

她全心全意地爱查利,但是他的回答令她困惑。这么聪明的人竟然能说出这种蠢话来。

"我觉得你还没有意识到沃尔特气愤到了何种程度。你没看见他的表情和眼神有多可怕。"

他一时未作回应,只是带着轻蔑的微笑看着她。她知道他在想什么。沃尔特只是个细菌学家,职位不高。他未必敢肆无忌惮地跟殖民地的高层官员作对。

"你不要欺骗自己,那样没有任何好处,查利。"她诚恳地说,"如果沃尔特下决心上法庭,那么不论你或者其他人说什么,都不会对他产生任何影响。"

他的脸色再次变得凝重和阴郁了。

"他是不是想控告我和你通奸?"

"一开始是这样。最后我想办法让他同意跟我离婚了。"

"噢,好,那还不算太糟。"他再次松了口气,她从他的眼神里看出来,他如释重负。"我看这倒是个解决问题的好办法。毕竟,对一个男人来说,这是最容易不过的事情,也是唯一体面的解决办法。"

"但是他提出了一个条件。"

他疑问地看着她,若有所思。

"尽管我不是腰缠万贯,但是我会尽力满足他的要求。"

凯蒂没吭声。查利说的话出乎她的预料,而且让她有口难言。她原以为她能依偎在他的怀里,把发烧的脸藏在他的胸前,一口气把想说的话都说出来。

"如果你太太向沃尔特保证她将跟你离婚,沃尔特就同意跟我离婚。"

"还有什么?"

凯蒂几乎听不见自己的声音。

"还有——我简直难以启齿,查利,好像太过分了——如果你保证在离婚判决生效后的一周之内娶我。"

25

他沉默了片刻。然后再次捧起她的手来,轻轻地抚摸着。

"哦,亲爱的,"他说,"无论如何我们都要避免把多萝西卷进来。"

她茫然地看着他。

"可是我不明白,我们怎么办得到?"

"嗯,在这个世界上我们不能只想着自己。你知道,其他的事情也同样需要考虑。跟你结婚是我求之不得的事情,但是这实在不大可能。我了解多萝西,她是无论如何都不会跟我离婚的。"

凯蒂顿时乱了方寸,再次哭了起来。他站了起来,到她身边坐下来,搂住了她的腰。

"别慌,亲爱的。我们必须保持镇静。"

"我以为你爱我……"

"我当然爱你。"他温和地说,"对此,你千万不要有任何怀疑。"

"如果多萝西不跟你离婚,沃尔特会告你与我通奸。"

他耽搁了好一会儿才回答,声音发涩。

"那当然会毁掉我的前程,但是,那样做恐怕对你也没多大好处。万一出现了那种无可挽回的情况,我就只好将事情的来龙去脉向多萝西和盘托出。她会受到极大的伤害,并且十分痛苦,但最终她还是会原谅我的。"说到这儿,他忽然冒出个主意来,"我不敢肯定,也许最佳的选择并非是向她和盘托出。如果她去找你的丈夫交涉,那她很有可能会说服你的丈夫,让他闭嘴。"

"那么说,你是不打算跟她离婚了?"

"嗯,我得为我的孩子们考虑,对吧?当然啦,我也不想伤她的心。我们一直相处得很好。你要知道,她是个难得的好妻子。"

"那你为什么跟我说,她对你无关紧要?"

"我没说过。我说过我不爱她。我们已经有很多年没在一起睡了,只在偶尔的情况下才破一回例,譬如圣诞节,或者她回国的前一天,或者她回香港的当天。她不是在乎这类事情的女人。但是我们一直是非常好的朋友。我不想隐瞒,我对她的依赖超出了任何人的想象。"

"你不觉得,当初不来纠缠我岂不更好吗?"

令她感到奇怪的是,尽管恐惧得屏住了呼吸,她却还能如此平静地说话。

"你是我这些年里见过的最可爱的小宝贝,我爱你爱得发疯。你总不能为此而责备我吧。"

"毕竟,你说过绝不会丢下我不管。"

"可是,天哪,我确实不想丢下你不管呀。我们现在遇到了大麻烦,我愿做力所能及的一切事情帮助你摆脱出来。"

"唯独不做那件明摆着的理所当然的事情。"

他站了起来,回到自己的椅子上坐下来。

"亲爱的,你总得通情达理呀。我们最好坦率地面对现实。我不想伤害你的感情,但是我必须把真实情况告诉你。我渴望有个好前程。显而易见,有朝一日我会成为总督,那是个非常诱人的工作。除非我能把这件麻烦事压下去,否则我一点儿机会都没有。我可能不至于离职,但会有一个抹不掉的污点。如果我真的不得不离职,那就得在中国某个有熟人的地方找事情做。不论是哪种情况,只有多萝西守在我的身边,我才有成功的机会。"

"那你干吗还要对我说,世界上除了我你什么都不要,撒这种谎有必要吗?"

他没好气地撇着嘴角。

"哦,亲爱的,男人在爱你的时候说的话是不能字字当真的。"

"你根本没有那个意思?"

"当时的确有。"

"如果沃尔特要跟我离婚,我该怎么办?"

"如果我们无从辩解,那当然就不必再为自己辩护了。离婚也不会引起公众的注意,现在人们都想开了。"

凯蒂第一次想到了母亲,她一阵发抖。她再次看了看汤森。现在她的痛苦里掺杂着怨恨。

"我毫不怀疑,你轻而易举就能扛住我不得不忍受的一切烦恼。"她说。

"我们别再互相挖苦了。"他回答。

她绝望地哭了起来。她是那么诚心诚意地爱着他,却要忍受他给她带来的如此的痛苦,这实在太可怕了。他根本不可能理解,他对于她是何等地重要。

"呵,查利,你难道不知道我多么爱你吗?"

"亲爱的,我也爱你。但我们不是生活在荒岛上,我们必须从强加给我们的环境中找出最好的解决办法来。你确实需要理智一些。"

"我怎么能理智呢?对我来说,我们的爱情就是一切,你就是我的全部生命。当我知道这对于你只不过是一段插曲时,心里很不好受。"

"这当然不是插曲。但你要知道,如果你让我跟相依为命的太太离婚,并且为了娶你而断送前程,那你的要求就太过分了。"

"比起我愿意为你做的来,那并不过分。"

"咱俩的情况不太一样。"

"唯一的不同就是你不爱我。"

"一个人可以非常爱一个女人,却未必打算跟她共度余生。"

她迅速地看了他一眼,心里充满了绝望。成串的泪珠顺着脸颊滚落下来。

"呵,真狠毒!你怎么这么没心肝?"

她歇斯底里地哭诉起来。他担心地朝门口瞥了一眼。

"亲爱的,你得尽量控制自己。"

"你不知道我有多么爱你,"她抽泣道,"没有你,我将无法生活。难道你一点儿都不同情我吗?"

她说不下去了,嚎啕大哭起来。

"我也不想过于绝情,上天知道,我不想伤害你的感情,但是我必须告诉你实情。"

"你毁了我的一生。你为什么要纠缠我?我哪儿对不住你了?"

"如果非得把一切罪过都推到我头上你才好受,那就随你的便吧。"

凯蒂突然迸发出一股怒火。

"那我应该说,是我勾引了你,是我让你不得安宁,逼着你答应了我的哀求。"

"我没那么说。但是如果你没有明白表示愿意跟我上床的话,我是决不会打那个主意的。"

呵,真无耻!她知道他说的是实情。这会儿,他脸色阴郁,焦躁不安,两只手不知所措地比画着。他不时地瞥她一眼,充满了怨恨。

"你丈夫不会原谅你吗?"过了一会儿,他问。

"我从没求过他。"

他下意识地攥紧了双手。她看得出来,他厌恶得想喊叫发作,但是话到嘴边又咽了回去。

"你为什么不去求他宽恕?如果他真像你说的那样爱你,那他一定会原谅你的。"

"你根本不了解他!"

26

她擦干了眼泪,想要振作起来。

"查利,你要是抛弃我,我会死的。"

现在,她只能设法引起他的同情心了。其实,她早就该这样对他说。一旦他知道了她所面临的可怕的两难境地,他的宽宏大量、正义感和男子气概就会被激发出来,从而一心一意地设法帮助她脱离险境。呵,她多么渴望他能用疼爱呵护的手臂把自己紧紧地搂住呀!

"沃尔特想让我去梅潭府。"

"噢,但是那儿正在闹霍乱。那是五十年来最严重的瘟疫。那不是女人该去的地方。你不能去。"

"你要是抛弃我,我就不得不去。"

"你这是什么意思?我不明白。"

"沃尔特正准备去接替死去的传教士医生。他想让我跟他一起去。"

"什么时候?"

"现在,马上。"

汤森把椅子向后推了推,疑惑地看着她。

"也许是我太傻,我实在不明白你在说什么。如果他想让你跟他一起去那儿,干吗还要离婚?"

"他是让我选择。要么我跟他去梅潭府,要么就打官司离婚。"

"噢,我明白了。"汤森的语气没有多大变化,"我倒觉得他这么做还是挺难得的,你说呢?"

"难得?"

"嗯,他去那儿可是要冒极大的风险的。这事我连想都不敢想。当然啦,回来后会授予他圣迈克尔和圣乔治勋爵的爵位。"

"可是我呢,查利?"她喊道,声音里充满了痛苦。

"嗯,我觉得,在这种情况下,如果他希望你去,你恐怕很难拒绝。"

"那就意味着去送死。必死无疑。"

"嗐,尽瞎说,那是夸大其词。如果他相信这些,他就不会带你去了。你的危险不会比他的更大。事实上,只要你小心,就不会有多大危险。我在这儿就曾遇到过霍乱,可是我毫发无损。重要的是别吃生食,别吃生的水果或沙拉,或诸如此类的东西,喝的水也要煮开。"他越说越自信,口若悬河。他的脸色不那么阴郁了,人也活跃了许多,他几乎是谈笑风生了。"毕竟,这是他的工作,对吧?他对病菌感兴趣。如果你这么考虑的话,就会明白这对他其实是个机会。"

"可是我呢,查利?"她又问了一次,声音与其说是痛苦,毋宁说是惊恐万状。

"嗯,理解男人的最好办法,就是设身处地像他那样去考虑。在他看来,你就是一个淘气的小妞,他想让你远离伤害。我一直认为他根本不想跟你离婚,我不觉得他是那种家伙。他提出了他以为十分宽宏大量的建议,但是你拒绝了他的建议,把他顶了回去。我不想指责你,但是为了我们大家的利益,我想,你还是应该考虑他的建议。"

"但是,你难道不明白这会置我于死地吗?你难道看不出他带我去的原因,就是想置我于死地吗?"

"哦,亲爱的,别那么说。我们的处境很尴尬,没时间这么疑神疑鬼的。"

"你是拿定主意不理会我的难处了。"呵,她的内心填满了痛苦,还有恐惧。她真想发出尖叫:"你不能让我去送死。即便你不爱我、不可怜我,你也总该有点正常人的同情心吧。"

"你这么说,就未免对我太苛刻了。据我看,你丈夫的行为是非常宽宏大量的。如果你肯顺从他,他一定会原谅你的。他想带你离开这儿,而现成的机会就摆在那儿,可以带你去某个地方待上一两个月,从而使你避开伤害。我不想骗你说梅潭府是个疗养胜地,在中国我也实在找不出这样的城市来,但是也没有理由把它说得那么吓人。实际上,那么做是最不可取的。我相信在一场瘟疫当中,因吓致死和因病致死的人,在数量上相差无几。"

"可是我现在已经吓坏了。沃尔特告诉我的时候,我差点儿晕倒。"

"我相信,刚听说时确实非常可怕,可是当你能够冷静地面对时,就没事了。这种经验并非人人都有。"

"我原以为,我原以为……"

她痛苦地前后摇晃。他则一言不发,脸色又阴沉下来,这种表情她以前从未见到过。这会儿,凯蒂不哭了,她没有眼泪,十分平静,声音虽低,却很平稳。

"你希望我去?"

"你别无选择,是吧?"

"是吗?"

"我得告诉你,否则就对你不公平了。如果你丈夫跟你打官司离婚并且赢了,我是不会娶你的。"

他觉得她停顿了极其漫长的时间才开口回答。她缓慢地站了起来。

"我觉得,我丈夫从来就没打算要打官司。"

"上帝啊,那你干吗吓得我心惊肉跳的?"

她冷冷地盯着他。

"他知道你会抛弃我。"

她沉默了。隐隐约约地——仿佛你在学外语时读了一篇文字,一开始完全不懂,直到一个字或一个句子启发了你,在你冥思苦想的头脑中突然闪现出一丝感悟——她依稀领悟到了沃尔特的老谋深算。就像黑暗不祥的景物被一道闪电照亮之后,随即又隐没在夜色中了。这瞬间的一瞥令她不寒而栗。

"他发出那样的威胁,就因为他知道你一定会被吓垮,查利。奇怪的是,他对你的判断竟然会这么准确。让我体验如此残酷的醒悟过程,这倒的确是他的风格。"

查利低头看着摊在面前的那张吸墨纸。他眉头微皱,绷着嘴生闷气,但未做任何反应。

"他知道你虚荣,懦弱,自私自利。他想让我亲眼见识一番。他知道你一遇到困难,就会像兔子一样跑掉。他知道我上当受骗了,误以为你爱我,因为他十分清楚,你除了自己不可能爱任何人。他知道你为了保全自己,会毫不心疼地把我牺牲掉。"

"如果往我身上泼脏水真能让你满意,那我也没权力抱怨。女人总是不大公平,通常都会让男人承担错误。其实另一方也并非无可指摘。"

她不理睬他的插话。

"现在,他所知道的我也全都知道了。我知道你冷酷无情,知道你自私,难以形容地自私,知道你胆小如鼠,知道你是个骗子,知道你是个十足的无耻之徒。而可悲的是"——由于极度痛苦,她的脸突然扭曲了——"可悲的是,尽管如此,我却全心全意地爱着你。"

"凯蒂。"

她苦笑起来。他呼唤着她的名字,是他特有的那种温柔圆润的声调,这在他可谓是得心应手,不过仅仅是逢场作戏而已。

"你这个笨蛋。"她说。

他迅即缩了回去,不堪羞辱而脸色通红。他弄不懂她的意思。她瞄了他一眼,目光里隐含着一丝调侃。

"你开始讨厌我了,是吧?行,讨厌吧。现在这对我已经无所谓了。"

她开始戴手套。

"你打算怎么办?"他问。

"噢,别担心,你不会受到伤害。你很安全。"

"看在上帝的分上,别这样说话,凯蒂。"他说,低沉的声音透着焦虑,"你要知道,你担心的事,我也一样担心。我非常着急,想知道究竟会发生什么事。你打算跟你丈夫说什么?"

"我要告诉他,我打算跟他一起去梅潭府。"

"也许你同意了,他反倒不坚持了。"

他说这句话的时候,发现她不知什么原因竟那样奇怪地看着他。

"你不是真害怕吧?"他问她。

"不怕了,"她说,"是你鼓起了我的勇气。进入霍乱疫区将是一次独特的经历,如果我死了——那,死就死吧。"

"我想尽量对你好。"

她又看了他一眼。泪水又一次涌进了她的眼眶,心头沉甸甸的。想要扑到他胸前,用嘴唇压住他的嘴唇的冲动几乎无法抵御。然而,这终归无济于事。

"如果你想知道,"她说,极力使声音保持平稳,"那我可以告诉你,我是怀着恐惧和不惜一死的心情去那儿的。我不知道沃尔特阴暗扭曲的心里打的是什么主意,但是我怕得发抖。我想,死也许真是一种解脱。"

她感到连片刻的自持都不可能了。她快步来到门边,在他还没来得及从椅子上站起来时,她已经冲了出去。汤森如释重负地长叹一声。他迫不及待地想喝一杯白兰地加苏打。

27

她回到家时,沃尔特已经在家里了。她原想径直回到自己的房间去,但是他正在楼下的门厅里吩咐佣人做事呢。她极度地鄙视自己,宁愿被人羞辱一番,于是,她在他面前站住了。

"我跟你一起去那个地方。"她说。

"噢,那好。"

"我们什么时候动身?"

"明天晚上。"

他的冷淡像矛尖一样刺痛了她。她也不知道自己哪儿来的一股鲁莽劲头,说了一句令自己都大吃一惊的话。

"我想除了一些夏天用的东西和一块裹尸布以外,我用不着带更多的东西了,是吧?"

她望着他的脸,知道自己的无礼激怒了他。

"我已经告诉阿妈你需要带什么东西了。"

她点了点头,上楼进了自己的房间,脸色极其苍白。

28

　　终于快要到达目的地了。他们一路乘轿,日复一日地行进在狭窄的土路上,道路两旁是一望无际的稻田。他们破晓即上路,一直走到午间的酷热迫使他们在路边的客栈里停下来歇息,然后再次登程,直至抵达事先筹划好的过夜的镇子。凯蒂的轿子走在这一行人的最前面,沃尔特紧随其后,然后是挑着寝具、杂物和各种器材设备的苦力们的零乱的队伍。一路走来,凯蒂对乡间的景物视若无睹。在漫长的行程中,只有某个挑夫偶尔的谈论或片刻间哼唱的荒腔野调打破了周围的沉寂。凯蒂一直在饱受折磨的头脑里,反复地思考着发生在查利办公室里的那一幕幕令人心碎的场景。回想起查利对自己,以及自己对查利说过的那些话,她不能不对那种枯燥无味、无情无义的谈话方式感到心灰意冷。她没能说出自己想说的话,说话的语气也背离了自己的初衷。如果能够让查利明白自己的无限情意、一片真心和无可奈何的处境,他也许就不忍心抛弃她、任随她听天由命了吧。当时,她感到不知所措。听到他那些话——他的表情比语言尤甚——她简直不敢相信自己的耳朵。这就是为什么她甚至未能大哭一场的原因,她被惊呆了。从那天以来,她就一直在哭,哭得好不伤心。

晚上,在客栈里,她和丈夫共享一间大客房,碍于沃尔特就在距自己数英尺远的行军床上睁眼躺着,她用牙咬紧枕头,生怕哭出声来。不过在白天,因为有轿帘挡着,她便无须顾忌,可以尽情哭泣了。她痛不欲生,恨不能声嘶力竭地高声尖叫,她没想到一个人竟会遭受如此巨大的痛苦,她绝望地问自己究竟做了什么而蒙受这样的惩罚。她不明白查利为什么不爱她:姑且假定这全是她的错,但是为了得到他的爱,她做了自己所能够做的一切。他们曾相处得那么好,在一起时,他们笑得那么开心,他们不仅是情人,而且是好朋友。她百思不得其解,被彻底击垮了。她告诫自己应该恨他,蔑视他,然而,如果今后再也见不到他,她真不知道自己将如何生活。如果沃尔特带她去梅潭府是想惩罚她,那他可是干了件蠢事,难道她现在还在乎自己的好歹吗?此生她已经无所留恋了。诚然,二十七岁便了却一生,未免太残酷了。

29

他们乘汽船沿着西河逆流而上,沃尔特一直在阅读,不过在吃饭的时候,他还是尽量跟她说说话。他跟她交谈时,似乎把她当成了途中邂逅的陌生人,只说些无关紧要的事情。凯蒂想,他大概只是出于礼貌,或者有意显示两人之间隔着一道鸿沟。

她曾经在一瞬间茅塞顿开,并且也已经向查利挑明了:沃尔特以要么离婚、要么与其一道前往瘟疫肆虐的城市相威胁,迫使她去见查利,就是为了让她能够亲自领教查利的冷漠、怯懦和自私。事实正是如此。这样的精心安排也与沃尔特辛辣的幽默感极其吻合。沃尔特十分清楚事态会如何发展,并且在她回家之前就已经向她的阿妈做了必要的吩咐。她在沃尔特的目光中看到了一丝轻蔑,其中的意味似乎把她的情人和她本人都包括在内了。大概,沃尔特曾经自忖,如果他处在汤森的位置,那么世界上没有任何力量能够阻止他为了满足凯蒂的哪怕微不足道的一时之兴而做出牺牲。她也知道这是千真万确的。但是后来,当她明白了事情的真相之后,沃尔特为什么还要让她冒如此巨大的风险前往梅潭府呢?况且他不会不知道她已经吓得半死了。起初她还以为他只是在戏弄她,等他们真的上路了,不,更晚些,等到他们上了岸,即将换乘轿子踏上穿越乡村的旅程时,她以为他就会露出笑脸来对她说,她不必去了。她丝毫不知道他心里在想什么。他还不至于真想置她于死地吧?他曾经那么不顾一切地爱过她。现在,她已经懂得爱为何物了,并且依然记得他给予她的百般疼爱。对他来说,她确实是——借用法国人的说法——一时风雨一时晴的,但是他仍然不大可能不爱她。难道你会因为受了委屈就永远不爱某人了吗?她对他的伤害,远远不及查利伤害她的程度。可是,如果查利向她示爱,那么尽管存有前嫌,甚至她已经看透了他,她依然会不顾一切地投入他的怀抱。虽然他伤害过她,对她不管不顾,虽然他冷酷无情,她却依然爱他。

起初她以为只要等待时机就可以了,沃尔特迟早会原谅她的。她对自己足以左右他的魅力过于自信了,殊不知事情早已经是今非昔比。固然,水再多也浇不灭爱情,假如他爱她,他的心就是软的,她也觉得他应该是爱她的,可是现在,她毕竟是拿不准了。晚上,他坐在客栈的黑檀木直背椅子上读书,防风灯的光照在他的脸上,使她能够很便利地观察他。她躺在草垫子上(一会儿,她的床铺就将支在那儿),处在阴影里。他的平正匀称的五官,使他的脸看上去非常严峻。你难以相信,甜蜜的微笑能使这副相貌偶尔地改变一下。他能够平心静气地阅读,就好像她远在千里之外似的。她看着他翻动书页,看他的目光顺着字行规律地移动。他根本就没有想到她。当饭桌摆好,晚饭端上来时,他才把书放下,抬头看了她一眼(没有意识到灯光照在脸上,将他的表情暴露得一清二楚),她惊异地看到,他的目光里隐含着一股嫌恶。是的,她吓了一跳。难道爱情已经从他身上彻底消失了吗?难道他真的要置她于死地吗？岂有此理，这简直是疯子的行为。太荒唐了。也许沃尔特已经失去理智了。当这个念头出现在她头脑中时，她不由得打了个寒噤。

30

　　一直默不作声的轿夫们突然说起话来了,其中一个还转过身来,说着她完全不懂的话,并做着手势,以引起她的注意。她朝他手指的方向望去,只见一座山上立着一座牌坊。现在她已经知道,这是为了对某个取得功名的学者或某个贞节寡妇表示敬意而立的纪念碑。上岸以来,她已经路过许多这样的牌坊了,但是这座牌坊,在西天落日的背景上展现出黑色的轮廓,显得比先前所见的任何一座都更加神奇和美丽。然而不知为什么,它使她感到心神不安。其中的意味,她能够领会,却无法言传:难道这是她隐约觉察到的一种威胁,抑或是一种嘲弄?她经过了一片竹林,竹子奇怪地朝土路弯过来,像是要挽留她。尽管那个夏日的傍晚无风,那些细长的绿叶却在微微地抖动。这让她产生了错觉,好像有人就藏在竹林里,正看着她从此经过。现在他们来到了山下,这儿已经没有稻田了。轿夫们左弯右绕地往山上走。山上密密麻麻的都是长满绿草的土堆,一个挨着一个,起伏不平的地面就好像落潮后沙丘起伏的海滩。每当他们走近和离开一座人口稠密的城市时,都会经过这样的地点,因此她也已经知道是什么了。它是坟地。现在她终于明白轿夫们为什么要让她注意那座立于山头的牌坊了:因为他们已经到达了此行的目的地。

他们从牌坊下面走过时,轿夫们停下来把轿杠从一个肩头换到另一个肩头。一个轿夫用一块肮脏的破布擦去满脸的汗水。土路蜿蜒而下。路的两边是又湿又脏的房子。夜幕降临了。突然轿夫们激动地说起话来,并闪到路边去,紧贴着墙站成了一排。凯蒂在轿子里,觉得剧烈地晃动了一下。过了一会儿,她才知道是什么引起了他们的慌乱:当他们站在那儿窃窃私语时,四个农民快速无声地走了过去,扛着一口没涂漆的新棺材,崭新的棺木在降临的夜色中闪着白光。凯蒂感到一阵恐怖,心脏在肋下怦怦地跳。棺材抬过去了,可是轿夫们仍站着不动,好像打不起精神继续往前走了。但是后面有人喊了一声,于是再次动身。现在他们不再说话了。

他们走了几分钟,突然拐进了一个敞开的大门口。轿子放了下来。她到达目的地了。

31

这是一座平房。她走进客厅坐了下来。苦力们一个一个地走进院子,把行李物品放下。沃尔特在院子里指挥,指明各种东西该放的地方。她感到很累。一个陌生的声音把她吓了一跳。

"我能进来吗?"

她的脸红了,又渐渐变白。她已经筋疲力尽,这时候与陌生人见面让她感到心神不安。一个男人从昏暗中走了过来——因为这间又长又矮的房间里只亮着一盏蒙着灯罩的灯——并向她伸出手来。

"我叫沃丁顿,是这儿的副关长。"

"噢,是海关的。我知道。我听说你在这儿。"

在昏暗的灯光下,她只能看清他身材瘦小,不会比自己高,秃顶,脸盘很小,没有胡子。

"我就住在山下,但是从你们来时走的这条路,是看不见我家的。我想你们一定累坏了,不大可能到我家去吃饭,所以我已经吩咐把晚饭送到这儿来了,并自邀前来作陪。"

"难为你安排得这么周到。"

"你会发现厨子的手艺相当不错。我把沃森的佣人留了下来,听你使唤。"

"沃森就是这儿的传教士吧?"

"是的。非常好的一个人。如果你愿意,明天我带你去他的墓地看看。"

"谢谢你。"凯蒂笑着回答。

这时,沃尔特走了进来。沃丁顿在进来见凯蒂之前,已经向他做过自我介绍了,于是说道:

"我刚跟你太太说,我打算跟你们一起吃饭呢。沃森死后,除了修女,我就找不到什么人说话了,而我的法语根本不行。再说,跟她们也实在没什么好说的。"

"我已经打发佣人去拿饮料了。"沃尔特说。

佣人拿来了威士忌加苏打,凯蒂发现沃丁顿毫不客气地自斟自饮起来。他一进门,凯蒂就从他说话的样子和动辄发笑的举止,看出他已经有些醉态了。

"这地方算是交上好运了。"他说。然后他转向沃尔特:"你在这儿是可以大显身手的。人们像苍蝇一样大批地死去。行政长官慌了手脚,领兵的余团长整天为制止手下人抢劫而忙得团团转。如不采取措施,咱们很快就会死在自己的床上了。我劝修女们离开这儿,但是,她们当然不会走。她们都想殉教,真拿她们没办法。"

他说得挺轻松,话音里带着几分俏皮,叫人听着忍不住想笑。

"你为什么不走?"沃尔特问。

"嗯,我手下一半人都死了,其余的也随时都会倒下死掉。总得有人留在这儿料理吧。"

"你注射过预防针吗?"

"注射过。沃森给我注射的。但他也给自己注射了,却没起多大作用,可怜的人。"他扭头看着凯蒂,滑稽的小脸上愉快地堆满了皱纹,"如果你采取正确的预防措施,我觉得不会有太大的风险。牛奶和水要煮开才能喝,别吃鲜果和生菜。你们带没带留声机唱片?"

"没有,我没带。"凯蒂说。

"真遗憾。我一直盼着你们会带来一些。我已经很久没听新唱片了。旧的都听腻了。"

佣人走进来问是否开饭。

"你们不必换衣服了,好吧?"沃丁顿问,"我的佣人上星期死了,现在这个佣人很蠢,所以我晚上也就不换衣服了。"

"我去摘下帽子。"凯蒂说。

她的房间就在他们所在的这间房子的隔壁。里面没什么家具。一个阿妈跪在地上,把一盏灯放在身边,正在归置凯蒂的行李物品。

32

  餐厅很小,而且大部分面积都被一张巨大的桌子占据了。墙上挂着表现圣经中的故事情节的版画和说明文字。
  "传教士们往往都有好些大的餐桌。"沃丁顿解释道,"他们孩子太多,一年多就生一个。他们结婚时就买下许多桌子,以便有足够的地方安置未来的小不速之客们。"
  一盏大煤油灯从屋顶上吊下来,因而凯蒂可以更清楚地观察沃丁顿到底长什么样。他的秃顶使凯蒂错以为他已经不再年轻,现在她看清楚了,他应该远不到四十岁。他的脸在宽阔饱满的前额下显得很小,没有皱纹,且气色不错。虽说丑陋得像猴子一样,但是丑陋之中亦不乏可爱之处。这是一张逗人发笑的脸。说到五官,他的鼻子和嘴比小孩子的大不了多少,有一双又小又亮的蓝眼睛,眉毛浅淡而稀疏。他看上去像个可笑的老顽童。他一杯接一杯地喝酒,随着晚饭的进行,他的醉态变得越来越明显了。然而,他即便已经醉了,也没有任何无理的举动,依然兴高采烈。希腊神话中那位从睡着的牧羊人那儿偷走酒囊的萨梯①可能就是这副德性吧。

---

① 萨梯,希腊神话中性好欢娱、耽于酒色的森林之神。

他说到了香港,他在那儿有许多朋友,他想了解他们的情况。一年前他曾去香港看赛马,他谈到了那些参赛的骏马和它们的主人。

"顺便问问,汤森怎么样了?"他突然问,"他快成为辅政司了吧?"

凯蒂脸红了,但是丈夫不去看她。

"我想应该不出所料吧。"他回答。

"他算是春风得意了。"

"你认识他吗?"沃尔特问。

"认识,我跟他很熟。有一次,我们俩曾一起从英国返回来。"

河对岸传来了敲锣和燃放爆竹的声音。那边,距他们如此之近,一座大城市正处在恐怖之中。突然降临的无情的死神,正在市内曲折的街道上迅速穿行。但是沃丁顿却说起伦敦来了。他说到了剧院。他知道目前正在那儿上演的戏剧的具体细节。他还告诉他们,他上次回国休假时都看了哪些剧目。说到某个粗俗喜剧演员的诙谐表演时,他哈哈大笑;说到另一位音乐喜剧明星的美貌时,他又赞叹不已。他很高兴能向他们炫耀,他的表弟娶了一位著名演员,他曾经同她共进午餐,她还把自己的照片送给了他。下次他们来海关跟他一起吃饭时,他会把她的照片拿给他们看。

沃尔特用淡漠嘲讽的眼神看着这位客人,但是看得出来,他被这位客人逗得挺开心的,并且还装出一副礼貌的饶有兴趣的样子来,只是凯蒂非常清楚,他对那些话题根本就一窍不通。一丝若有若无的笑意挂在他的嘴角。然而不知为什么,凯蒂的心里充满了恐惧。在这间已故传教士的房间里,与一座灾难的城市隔河相望,他们似乎同整个世界无限遥远地分开了,只剩下了三个孤独的人,却又彼此形同陌路。

晚餐结束了,她从桌边站了起来。

"我要先行告退了,你不在意吧?我想休息了。"

"我也该走了,我想医生也该休息了。"沃丁顿回答,"明天一大早我们就得出门。"

他跟凯蒂握手道别。他脚下还挺稳当,目光却比先前亮了许多。

"我会来接你,"他对沃尔特说,"带你去见行政长官和余团长,然后再一起去修道院。我敢说,你可是派上大用场了。"

33

整个晚上她都饱受怪梦的折磨。她好像坐在轿子里,轿夫们迈着颠簸的大步,她则不住地来回晃动。她进了城,空旷而又昏暗,成群的人蜂拥在她的周围,纷纷投来好奇的目光。街道狭窄而曲折,营业的店铺里,摆着千奇百怪的货物,当她走过时,所有的车辆和行人都停住不动了,买卖双方也暂停了交易。接着,她又来到那座纪念牌坊跟前,它那奇异的外形似乎在突然之间具有了可怕的生命,变幻莫测的轮廓就好像印度教神仙的挥舞的手臂。当她从它下面通过时,听到了一阵嘲笑的回音。好在这时查利·汤森朝她走了过来,伸出双臂抱住了她,把她抱出了轿子,并对她说,这全是误会,他那样对待她,根本就不是他的本意,因为他爱她,没有她,他将无法生存。她感到他在吻自己的嘴唇,不禁喜极而泣,她责怪他为什么那么残忍,但是尽管嘴上责怪,心里却早已原谅了他。就在这时,传来一声嘶哑粗鲁的喊叫,他们俩被分开了,一群穿着破烂的蓝衣服的苦力,抬着一具棺材,沉默地从他们之间匆匆而过。

她吓醒了。

这座平房处在一面陡峭山坡的半山腰上,从窗户看出去,她能看见山下的狭窄的河流和对岸的城市。天刚破晓,河面上升起了一层白雾,停泊在水上的平底帆船,像豆荚中的豌豆一样一条紧挨着一条,全都被雾气笼罩住了。河里的船只不下几百条,全都静悄悄、神秘莫测地躺在幽灵般的天光里。你不禁觉得,船民们是中了魔法而倒下的,因为他们一动不动,鸦雀无声,好像不是在睡觉,而是被某种奇怪而又可怕的力量制服了。

晨光渐亮,雾气在阳光的照射下泛着白光,像是垂死的星球上的雪的幽灵。虽然河面上的雾气不浓,可以隐约分辨出一排排拥挤的船只和林立的桅杆,但是迎面看过去,却是一堵目光无法穿透的耀眼的雾墙。突然,一座高耸、威严、巨大无比的城堡从白色的云雾中浮现了出来。它似乎不是在照亮一切的阳光下显露出来的,而是被魔杖无中生有点化出来的。这座残酷的蛮族的城堡,巍然屹立在河流的上空。那根创造奇迹的魔杖继续快速地挥洒,此时,一段彩色的殿墙,像皇冠一样,出现在了城堡之上;不一会儿,一组黄绿相间的屋顶也从雾中浮现出来,一派朦胧,其上四处洒落着金色阳光的斑斑亮点。它们显得十分庞大,你看不懂它们的格局,也分不清它们的次序(假如它们确有次序的话);既难以捉摸,又过分铺张,然而却超乎想象地华美。似乎,这既非城堡,也非庙宇,而是不容凡人踏足的某位众神之王的神奇宫殿。它是那么虚无缥缈、奇异怪诞和超越现实,绝不会是出自凡人之手。它是梦中的奇构。

眼泪顺着凯蒂的脸颊滚落下来,她凝神眺望,双手紧握着贴在胸前,嘴因为呼吸急促而微微张开了。她的内心异常轻松,这是她从未有过的体验。她觉得她的身体就像是放在脚上的一具空壳,而她则是纯粹的灵魂。眼前的一切是一种至美。在她眼里——正如信徒口中的圣饼——这就是上帝。

34

沃尔特每天一大早就出去,午饭时仅回来待上半个小时,然后一直到晚饭做好后才回来,因此凯蒂感到很寂寞。一连几天她都不曾走出那座平房。天气很热,她大部分时间都是待在敞开的窗口,躺在长椅上看书。正午的强光使那座神奇的宫殿失去了神秘性,现在它不过是城墙上的一座庙宇,色彩艳丽,破败不堪。然而,由于她曾经迷恋于它,它便再也不会是平淡无奇的了。在拂晓或黄昏,甚至夜里,她常常能再次捕捉到那种至美的某些景致。她先前以为是城堡的那个庞然大物,其实只是一段黑暗突兀的城墙,她常常望着它发呆。在那些城垛的后面,一座城市正笼罩在瘟疫的恐惧之中。

她隐约听说了那里发生的可怕事情,并不是沃尔特告诉她的——当她问他时(否则他很少跟她说话),他的回答极为冷淡,且语带调侃,令她脊梁骨发凉——而是从沃丁顿和阿妈那儿得知的。人们以每天上百的速率死去,染病者几乎无一生还。神像被人们从废弃的寺庙里抬了出来,放在街道上,神像前摆满了供品和牺牲,但是它们并不能阻止瘟疫蔓延。人们死得太快,根本来不及掩埋。有些家庭全家无一幸免,以致无人送葬。军队的指挥官是个铁腕人物,正是由于他的果断,这座城市才没有毁于骚乱和火灾。他命令士兵们掩埋那些无人掩埋的尸体,并且亲手枪毙了一名不愿进入死难人家的军官。

凯蒂有时吓得心都沉了下去,浑身发抖。所谓只要措施得当就危险很小,真是谈何容易。她感到惊慌失措。她盘算着各种疯狂的逃生计划。逃出去,只要能逃出去就行,她打算独自轻装上路,除去随身的衣服什么都不带,逃往安全的地方。她指望能得到沃丁顿的谅解,把一切都告诉他,恳求他帮助自己返回香港;如果她跪在丈夫面前,向他承认自己的恐惧,那么即使他还在恨她,也会生出足够的常人的同情心而可怜她吧。

这都是不可能的。即便她逃,又能逃往何处呢?母亲那儿她是不愿意去的。母亲会让她明白,什么叫嫁出去的女儿泼出去的水。再说她也不愿意去投奔母亲。她想去找查利,但是他不会接纳她。如果她突然出现在他面前,她知道他会说什么。她可以想象出他脸上的阴郁表情,和藏在他迷人的眼睛里的狡猾的残忍。他将会为找不到甜言蜜语而难堪。她两手紧握在一起,恨不得不顾一切地去羞辱他,就像他曾经羞辱过她那样。有时她又陷入了胡思乱想,恨不得当初沃尔特真跟她离婚,毁了她,只要她也能同时毁了查利。查利曾经对她说过的一些话,只要一想起来,她便会羞得面红耳赤。

35

当她第一次和沃丁顿单独待在一起时,她把话题引向了查利。他们刚到的那天晚上,沃丁顿曾经提到过他。她佯称他只不过是她丈夫的一个熟人。

"我不大在意他,"沃丁顿说,"我一直觉得他挺讨厌的。"

"一定是你太苛刻了,"凯蒂用无需费力即能装出的活泼打趣的方式回应道,"照我看,他肯定是香港最受欢迎的人。"

"我知道。那是他钻营的本钱。在笼络人心方面他素有研究。他有一种天赋,能让每一个同他接触的人觉得,他是你在这个世界上最想见到的人。只要不会给他带来麻烦,他随时都准备为你效劳,而且即使他未能让你满意,他也会设法给你造成一种印象,以为那仅仅是因为人力无法办到而已。"

"这正是他的魅力所在。"

"我觉得,单纯靠魅力,到头来是会让人厌倦的。跟一个不那么可爱但更加诚恳的人打交道,反倒更踏实一些。我认识查利·汤森已经很多年了,有一两次,纯属偶然,让我看到了他的真实面目——你知道,这对我无所谓,我只是海关的一名低级官员——我很清楚,在他心里,除了他自己以外,他没有关心过世界上的任何人。"

凯蒂悠闲地靠在椅子上,笑眯眯地看着他,不停地转动着手指上的结婚戒指。

"他当然会被提拔。他深谙为官之道。我确信,有生之年我将称呼他阁下,并在他进屋时起立致敬。"

"多数人都认为他理该提拔。大家公认他能力很强。"

"能力?无稽之谈!他其实很蠢。他给人的印象是,他才华横溢,办起事来一蹴而就并能获得认可。其实根本没那回事。他工作时跟一个欧亚混血的职员一样劳神费力。"

"那他是怎么得到聪明智慧的好名声的?"

"世界上有许多傻瓜,当一个职位较高的人,不摆架子,拍着他们的背说要为他们效劳时,他们很容易就认为他有智慧了。此外,当然还要归功于他的太太。她不愧是个能干的女人。她具有明智的头脑,她的建议永远都值得采纳。只要查利·汤森听命于她,就保险不会干蠢事,而一个人要想在政府部门里得到升迁,这是第一要紧的事。人家不需要聪明人,聪明人有主意,而主意会引起麻烦。人家想要的是玲珑乖巧、不会闯祸的可靠之人。哦,没错,查利·汤森将顺利地爬上最高枝。"

"我不明白你为什么这么讨厌他?"

"我并不讨厌他。"

"你更喜欢他的太太,是吧?"凯蒂笑了起来。

"我是个守旧的普通人,我喜欢有教养的女人。"

"我希望她的穿着和她的教养一样体面。"

"她穿着不好吗?我没注意过。"

"我一直听说,他们是恩爱夫妻。"凯蒂说,透过睫毛看着他。

"他很爱他太太。这一点我愿意夸他。我觉得这是他最为可取的地方。"

"吝啬的夸奖。"

"他也拈花惹草,但适可而止。他太狡猾,不至于把事情弄得不可收拾,给自己造成不便。当然,他绝不是一个柔情蜜意的人,他只是爱慕虚荣而已。他喜欢被人恭维。如今他年过四十,身体也胖了。他太耽于享受了。不过他初来香港时,那真是一表人才。我常听他太太拿他的艳遇取笑他。"

"她不介意他拈花惹草吗?"

"嗯,不介意,她知道事情不会发展下去。她说她倒挺愿意跟那些倾心于查利的可怜的小东西们交朋友,可是她们大都粗俗平庸。她说,那些爱上她丈夫的女人都是不折不扣的二流货色,真让她觉得没面子。"

36

沃丁顿走后,凯蒂仔细地掂量他那些漫不经心的谈论。那些话令她颇为扫兴,她不得不努力掩饰自己受到的刺激。令人不快的是,他说的全都是事实。她知道查利愚蠢,爱慕虚荣,渴望被人恭维,她还记得他向她讲述一些小事以证明自己的英明时,那副自鸣得意的样子。他为自己的小聪明而沾沾自喜。她想想都觉得自己无聊,竟然一往情深地把心献给了这样的男人,就因为——就因为他长着一双漂亮的眼睛和一副好身材!她想鄙视他,因为如果只是恨他,她知道那差不多就是还爱着他。他曾经那样对待她,她早该睁开眼睛了。沃尔特从来就瞧不起他。啊,但愿她能彻底地抛开他!他的太太是否也曾拿她对他的显而易见的迷恋来取笑他呢?多萝西大概也曾想跟她交朋友,却发现她是个二流货色。凯蒂不觉笑了起来:如果母亲知道自己的女儿竟然如此叫人瞧不起,将如何地义愤填膺啊!

然而夜里,她会再次梦见他。她感到他的胳膊把自己紧紧搂住了,并用热辣辣的吻贴住了自己的嘴唇。就算他发胖了,年过四十,又有什么关系呢?她笑了,充满了柔情蜜意,因为他的体贴如此周到。她因了他孩子气的虚荣心而更加爱他了,她为他惋惜并安慰他。当她醒来时,早已是泪眼婆娑了。

她不知道为什么,梦中哭泣更让她觉得可悲。

37

她每天都能见到沃丁顿,因为他在一天的工作结束后,总要溜达上山,到费恩家的平房来。因而一个星期之后,他们已经相当亲密了,若是在其他情况下,相处一年也未必能达到这样亲密的程度。一次,凯蒂对他说,假如没有他,她简直不知道在这儿该干些什么。沃丁顿哈哈大笑,回答道:

"你看,在这儿只有你和我能安安静静、心平气和地在地上行走。那些修女们是在天国里行走,你丈夫则是在黑暗中行走。"

虽然她漫不经心地笑了笑,却不太明白他到底是什么意思。她感到他那双微醉的小蓝眼睛,带着和蔼可亲但又令人不安的专注眼神,正在审视着她的表情。她早就看出来,他人很机灵,同时也察觉到,自己和沃尔特之间的关系已经引起了他的玩世不恭的好奇心。她故意为难他,并从中取乐解闷。她挺喜欢他,并且知道他待她十分友善。他不算聪慧,也没有才华,但是却能不带偏见又不失深刻地评价事情,倒也十分有趣。他秃顶下的那张可笑的孩子气的脸,笑起来便皱成了一团,有时会让他的议论显得尤为滑稽。他曾经在一些国外的贸易口岸生活过许多年,常常找不到一个与自己肤色相同的人交谈,性格也变得异乎寻常地自由坦率。他有各种各样的怪癖和嗜好。他的坦率常令人为之一振。他似乎是用戏谑的态度看待生活,他对香港殖民地的嘲讽十分尖刻。但是他也嘲笑梅潭府的那些中国官员,甚至连正在毁灭城市的霍乱也拿来开玩笑。他说到悲惨故事或英雄行为时,总爱把它说得近乎荒唐。他在中国待了二十年,有着说不完的冒险奇闻。那些奇闻能让你得出这样的结论:地球是个非常荒诞、离奇和可笑的地方。

虽然他不承认自己是个中国通(他发誓说,汉学家们都像三月里的野兔一样疯狂),他的中国话却说得很流利。他读书不多,对中国的了解全都是从交谈中得到的。不过,他经常给凯蒂讲一些中国小说和中国历史中的故事,虽是用谐谑打趣的语气讲的(这是他的天性),却讲得妙趣横生,甚至是温柔感人。她觉得,他或许已经不自觉地接受了中国人的看法,认为欧洲人是蛮夷,他们的生活愚不可及;认为只有在中国,才能使明智的人从生活当中领悟到某种真谛。此前,说起中国人,凯蒂听到的无非是堕落、肮脏和难以形容的恶劣。看来,这是值得认真反思的。就好像帘子的一角瞬间被掀了起来,使她瞥见了一个从前做梦都没有见过的既丰富多彩又意味深长的世界。

他坐在那儿,有说有笑,一边不停地喝酒。

"你不觉得你喝得太多了吗?"凯蒂大着胆子问他。

"这是我生活中的一大乐趣。"他回答,"此外,这还能抵御霍乱。"

他离开的时候,大体上已经醉了,但是还把持得住自己。因此,他虽然纵酒,但并不讨厌。

一天傍晚,沃尔特回来得比平时早,邀请沃丁顿留下来吃晚饭。于是发生了一件意外的小插曲。他们喝过汤,吃完鱼后,佣人把一盘生蔬菜沙拉和鸡一起端给了凯蒂。

"上帝,你不能吃那个。"沃丁顿看见凯蒂吃了一些后,惊叫了起来。

"没事,我们每天晚上都吃。"

"我太太喜欢吃。"沃尔特说。

这道菜也端给了沃丁顿,但是他摇头拒绝。

"十分感谢,但是我这会儿还不想自杀。"

沃尔特无情地笑了笑,管自吃了起来。沃丁顿没再说什么。事实上,他一反常态变得沉默寡言了,并且刚一吃完饭,他就离开了。

他们确实每天晚上都吃沙拉。他们来到这儿以后的第三天,厨师——以中国人一贯的冷漠态度——就端上来这道菜,凯蒂想都没想就吃了起来。沃尔特迅速探出身去。

"你不应该吃那个。佣人简直是疯了,把它端了上来。"

"为什么不能?"凯蒂直盯着他的脸问。

"这东西本来就不太安全。现在吃就更是发疯。你会害死自己的。"

"那倒是正中下怀。"凯蒂说。

她冷静地吃了起来,完全被一种不自觉的鲁莽情绪支配了。她用嘲讽的目光看着沃尔特,觉得他的脸有点儿发白。但是当把沙拉端给他时,他竟也吃了起来。厨师见他们不拒绝,便每天都给他们做一些,他们也就每天冒死吃这道菜。冒这样的风险是很荒唐的。对疾病极为恐怖的凯蒂,是带着一种情绪甘冒风险的:她不仅是蓄意用这样的方式报复沃尔特,替自己雪耻,而且也是在嘲弄她内心的极端的恐惧。

38

第二天下午,沃丁顿来到平房,坐了一会儿后,他问凯蒂是否愿意跟他出去走走。凯蒂自从来到这里后,还从未离开过这个院子呢。她欣然同意了。

"我得说,这儿可供散步的地方不多,"沃丁顿说,"但我们可以爬到山顶上去。"

"嗯,行。那儿有个牌坊。我常在凉台上观望它。"

一个佣人替他们打开了沉重的大门,他们来到院外尘土覆盖的小路上,才走了几码的距离,凯蒂便惊恐地抓住了沃丁顿的胳膊,慌张地叫了起来。

"看哪!"

"怎么啦?"

在院墙的墙根,仰面朝天躺着一个人,两腿平伸出去,胳膊伸过头顶。看样子是个中国乞丐,蓬头垢面,穿着落满补丁的破烂的蓝褂子。

"他好像已经死了。"凯蒂气喘吁吁地说。

"已经死了。快点走,你最好别去看他。等咱们回来,我就打发人把他抬走。"

凯蒂抖得厉害,迈不动脚步。

"以前我从没见过死人。"

"那你最好快点走。慢慢你就会习惯的,只要你还待在这个宝贝地方,你就会看见大批的死人。"

他抓住她的手,拷在自己的胳膊上,两个人沉默地走了一会儿。

"他是死于霍乱吗?"她终于开口问道。

"估计是的。"

他们上了山,一直走到牌坊底下。牌坊上的雕刻丰富多彩,它像地标一样屹立在乡间,显得荒诞和富有讽刺意味。他们在座墩上坐了下来,面前是一望无际的平原。山坡上密密麻麻地散布着长满了青草的小坟堆,杂乱无章,不成行列,让人觉得地底下的死人正不可思议地在互相推挤。绿色的稻田里,羊肠小路蜿蜒曲折。一个小孩骑在水牛的脖子上,正在缓慢地往家走,三个戴大草帽的农民,挑着沉重的担子,笨拙地侧着身子一颠一颠地赶路。白天的酷热过去了,在山头这里能够感受到傍晚的微风,十分舒适,广袤的田野把宁静的惆怅带进了痛苦的心灵。但是凯蒂还是忘不掉那个死于非命的乞丐。

"看见身边的人纷纷死去,你怎么还能有说有笑地喝威士忌呢?"她突然发问。

沃丁顿没有回答。他转过身来望着她,然后把手按在她的胳膊上。

"你要知道,这儿不是女人待的地方,"他阴郁地说,"你为什么不离开呢?"

她透过长长的睫毛斜着瞥了他一眼,唇上现出了笑意。

"在目前的情况下,我觉得,做妻子的应该守在丈夫身边。"

"他们给我发来电报,说你要随费恩一起来,我感到震惊。"

但过后一想,可能你是一名护士,这样的事原本就是你的日常工作。我原以为你一定是医院里的那种专门为难病人的面目可憎的女人呢。可是,当我在平房里看见你坐着休息的样子时,真是大吃一惊。你看上去非常虚弱、苍白和疲惫不堪。"

"你总不能指望我经过了九天的奔波之后,仍能保持最佳的气色吧。"

"你现在就显得虚弱、苍白和疲惫不堪,而且,恕我直言,是一副闷闷不乐的样子。"

凯蒂禁不住脸红了,但她仍能强颜欢笑,装出一副若无其事的神情。

"很抱歉,我的表情让你多虑了。我看上去闷闷不乐,仅仅是因为我的鼻子稍微有点儿长而已,这一点,我从十二岁就知道了。不过隐隐地带点忧伤,往往让女人越发地楚楚动人:你想象不出有多少美少年想要安慰我呢。"

沃丁顿那双闪烁的蓝眼睛停在了她的身上,她知道,他根本不相信她说的这些话。她倒是不太介意,只要他装作相信就行了。

"我知道你们结婚没多久,而且我敢断定,你和你的丈夫正处在热恋当中。我不能相信他希望你来这个地方,大概是你坚决不同意留在那边吧。"

"你说得不无道理。"她淡淡地说。

"是的,但是这根本不对。"

她等着他继续往下说,又担心他会说出些什么,因为她十分清楚他的狡猾,也知道他心直口快,从不拖泥带水。但她还是禁不住想听听他对自己的看法。

"我压根儿就不认为你爱你的丈夫。我觉得你讨厌他,即便你恨他,我也不会感到意外。但是我十分清楚,你很怕他。"

片刻之间,她把目光移开了。她无意让沃丁顿看出,他说的话对她造成了影响。

"我怀疑你不太喜欢我的丈夫。"她冷冷地反唇相讥。

"我尊敬他。他既有智慧又有个性,而且,我可以告诉你,像这样二者兼备的人并不多见。我估计,你根本不知道他目前正在做的工作,因为我觉得他对你并不是开诚相见的。如果说有谁能独自阻止这场可怕的瘟疫的话,那就是他。眼下他既治病,又清理城市,又净化饮水。他不计较去任何地方或做任何事情,一天要冒二十次危及生命的风险。余团长对他言听计从,并听从他的劝说,把部队交给他处置。他甚至使行政长官也打起了精神,老人家现在确实想干出点名堂来。修道院的修女们对他非常信赖。她们觉得他是个英雄。"

"你不觉得吗?"

"说到底,这并不是他的职责,对吧?他是个细菌学家,并不需要到这儿来。就他给我的印象,他并不是出于对纷纷死去的中国人的同情才来这儿的。沃森则不同。他爱人类。虽然他是传教士,但是他对基督徒、佛教徒或孔子信徒都一视同仁,大家都是人。你丈夫不是因为担忧十万中国人死于霍乱才来这儿的,也不是出于对科学的兴趣才来这儿的。那他究竟为什么来这儿呢?"

"你最好去问他。"

"我挺想看看你们是如何相处的。有时我会猜想,当你们俩单独在一起时,会是什么样子。有我在场时,你们就是在演戏,两人一块儿演,而且演得极差,天哪。如果那就是你们俩的最佳表演的话,那么在巡回剧团里,你们俩每周谁都挣不到三十先令。"

"我不明白你的意思。"凯蒂莞尔一笑,故意装出轻佻的样子,但她知道这骗不了人。

"你是个非常漂亮的女人。你丈夫从来都不注意你就显得十分古怪。他在跟你说话时,声音好像不是他的,而是别人的。"

"你是否觉得他不爱我?"凯蒂压低声音问道,声音嘶哑,突然丢开了轻佻的举止。

"我不知道。我不知道你是否让他感到厌恶,接近你便会让他起鸡皮疙瘩;或者他有爱的渴望,但是由于某种原因,他克制住自己,不肯表露。我曾经问自己,这两个人是不是到这儿来自杀的。"

在吃生菜沙拉的那天晚上,凯蒂已经见过沃丁顿向他们投来惊慌的一瞥,继而是仔细的审视。

"我觉得你把那几片生菜叶看得太严重了。"她冒失地说,并站了起来,"该回家了吧?你肯定想喝威士忌加苏打了。"

"无论如何你不是女英雄。你其实怕得要命。你真不打算离开这儿吗?"

"这跟你有什么关系?"

"我愿意帮助你。"

"你是否也被我黯然神伤的样子征服了?看着我的脸,告诉我,是不是我的鼻子有点儿偏长。"

他若有所思地盯着她,明亮的眼睛里依然流露出刻薄讥讽的神色,不过已经混进了一层阴影,就像立在河边的树木映在水中的倒影。那是一种异常仁慈的表情。泪水一下子涌进了凯蒂的眼睛。

"你必须留下来吗?"

"是的。"

他们从色彩艳丽的牌坊下面穿过,朝山下走去。走到居住的院子时,又看见了那个乞丐的尸体。他拉住她的手,但是她挣脱了。她站着不动。

"真可怕,是吧?"

"你指的是什么?死亡?"

"嗯。它使其他的事都显得不重要了。他看上去就不像是人。看着他,你很难让自己相信他曾经是个活生生的人。难以想象,没有多少年以前,他还是个飞跑下山的放风筝的孩子呢。"

难以抑制的啜泣哽住了她的喉咙。

39

几天以后,沃丁顿和凯蒂坐在一起,他手里端着斟满了威士忌加苏打的长玻璃杯,跟她说起了修道院。

"院长嬷嬷是个非常了不起的女人。"他说,"修女们告诉我,她出身名门,是法国最为显赫的家族之一。她们不告诉我究竟是哪个家族,她们说,院长嬷嬷不愿意别人谈论此事。"

"你那么感兴趣,为什么不去问她本人?"凯蒂笑着问。

"如果你了解她,你就不会拿这种有失检点的问题去问她了。"

"如果她能让你敬畏,那她一定很了不起。"

"我是来向你传达她的口信的。她要我告诉你,尽管你可能不想冒险进入瘟疫的中心地带,但是如果你不介意,她将非常乐意带你参观修道院。"

"非常感谢她。我没想到她会知道我。"

"我跟她们提起过你。现在,我每星期都要去那儿两三次,看看能帮上什么忙。我想你丈夫可能也跟她们说起过你。你要有所准备,她们对他可是钦佩得五体投地。"

"你是天主教徒吗?"

他刻薄的眼睛闪烁发光,滑稽的小脸笑得起了皱。

"你干吗冲我咧着嘴笑?"

"难道能从加利利①得到什么好处吗?不,我不是天主教徒。我把自己看成是英国圣公会的成员,这就相当于用委婉的方式说你什么都不太相信……修道院长十年前来这儿时带了七名修女,现在除了三名以外,都死了。你看,即便在最好的年头,梅潭府也不是疗养胜地。她们就住在城市的中心,在最穷的地区,她们非常努力地工作,从来没有假期。"

"现在那儿就剩下三个修女和院长嬷嬷了吗?"

"噢,不是,又有新人接替了死者的工作。现在那儿有六个人。瘟疫刚发生时,一个修女染上霍乱死了,又有两个修女从广东赶了过来。"

凯蒂哆嗦了一下。

"你冷吗?"

"不,只是无故打了个哆嗦。"

"她们离开法国后,就再也不打算回去了。她们不像新教传教士那样,时常有一年的休假。我经常想,最残酷的事情也莫过于此吧。我们英国人不眷恋故土,可以在世界的各个角落安家,但是法国人不一样,我觉得,法国人有依恋故国的情怀,那几乎是一种扯不断的联系。一旦离开了祖国,他们绝不会真正感到安心的。看到这些女人竟然忍受了这样的牺牲,常让我非常感动。假如我是个天主教徒,我也会把这种牺牲看成是正常的事吧。"

凯蒂冷冷地看着他。她不大理解这个小个子男人说话时的

---

① 加利利,古代巴勒斯坦最北部地区,据信是耶稣基督的故乡,也是他开创业绩、招收门徒的地方。

那种情感,心想他是否在装腔作势呢。他已经喝了不少威士忌,大概已经不太清醒了。

"你自己去看看。"他敏捷地猜测出了她的想法,带着嘲弄的微笑说道,"这不比吃西红柿更危险。"

"如果你不害怕,我凭什么要害怕。"

"我觉得这会让你开心的。那儿有点像法国。"

40

他们乘舢板渡过了河。凯蒂的轿子已经等候在码头上了,她被人抬着上了山,来到一座水闸跟前。苦力们正是在这里担取河水的,他们扛着扁担,挑起巨大的水桶往来穿梭,桶里的水拍溅出来,洒落在小路上,湿漉漉的仿佛下了一场大雨。凯蒂的轿夫们不时地高声断喝,催他们让路。

"明摆着,各行各业都停顿了。"沃丁顿跟在她的轿子旁边,边走边说,"正常情况下,上下装卸船货的苦力们把路都堵死了。"

城里的街道狭窄而曲折,凯蒂顿时迷失了方向。许多店铺都关了门。从香港到这儿来的旅途中,她已经逐渐习惯了中国街道的肮脏凌乱,然而此处的脏乱更令人不堪,街道上堆积着几个星期的渣滓、废物和垃圾,恶臭熏天,她不得不用手帕捂住脸。以前在穿过中国城镇时,她总会受到被人群围观的困扰,可是如今她碰到的只是偶尔投来的冷漠的目光。街上的行人疏疏落落,再无往日的拥挤,似乎都在为各自的事务忙碌着,全都是一副担惊受怕和无精打采的样子。他们偶尔经过一些人家,里面传出来阵阵锣声和不明乐器的持续刺耳的哀音。在那些紧闭的大门后面,都躺着死人。

"咱们到了。"沃丁顿终于说道。

轿子在一扇小门前停了下来,门楣上镶嵌着十字架,两边是长长的白墙。凯蒂从轿子里走了出来。沃丁顿按了门铃。

"你别指望有什么豪华的摆设。她们穷得可怜。"

一个中国姑娘开了门,沃丁顿跟她说了一两句话后,她把他们领到了走廊一侧的一间小屋里。屋里有一张铺着方格漆布的大桌子,靠墙摆着一圈硬木椅。屋子尽头摆着一尊圣母的石膏雕像。一会儿,一位修女走了进来,她矮小丰满,相貌平平,两颊绯红,目光愉快。沃丁顿称呼她圣约瑟修女,并向她介绍了凯蒂。

"这是医生的太太吗?"①她微笑着问,又补充说院长马上就过来。

圣约瑟修女不会说英语,而凯蒂的法语说得磕磕巴巴。可是沃丁顿却能流利地用不十分地道的法语侃侃而谈,并夹带着一连串的滑稽评论,把这位好脾气的修女逗得笑个不停。她那欢快轻松的笑声使凯蒂吃惊不小。她原以为修女们总是严肃的,这样甜美清纯的欢乐让她深受感动。

---

① 原文是法语。

41

门开了,令凯蒂奇怪的是,门似乎不是被人推开的,而是绕着枢轴自动地转开的。继而修道院长便走了进来。她在门槛那儿站住了,嘴角上带着一丝庄重的笑意,打量了一下笑呵呵的修女和沃丁顿那褶皱滑稽的小脸。然后她走了过来,把手伸给了凯蒂。

"费恩女士吗?"她用英语问,口音很重,但发音正确。她向凯蒂微微欠身,"能够认识我们善良勇敢的医生的夫人,让我非常高兴。"

凯蒂觉得院长正坦然地用评估的眼光长久地打量着自己。正因为她如此坦率,才没有失礼之嫌。你不禁觉得,对别人做出评估是这个女人的职责所系,并不需要什么借口。她和蔼庄重地示意客人们就座,自己也坐了下来。圣约瑟修女笑容依旧,却屏息静声,站在院长身边略为靠后的地方。

"我知道英国人喜欢喝茶,"院长说,"我特意准备了一些。不过我必须致歉,它是用中国方式泡制的。我知道沃丁顿先生喜欢威士忌,但是恕我无法提供。"

她微微一笑,严肃的目光中透出一丝狡黠。

"哟,得了吧,嬷嬷。让你一说,好像我真成了酒鬼了。"

"我倒希望你能说自己从不喝酒,沃丁顿先生。"

"无论如何我都能说:除非敞开了喝,我从不喝酒。"

院长笑了起来,并用法语把他的狡辩说给圣约瑟修女听。她用友善的目光看着他。

"我们必须宽待沃丁顿先生,因为有两三次,当我们穷困潦倒,没钱供养孤儿的时候,都是沃丁顿先生救了我们。"

这时,那个刚才为他们开门的皈依了天主教的姑娘走了进来。她端着一个托盘,上面放着几个中国茶杯,一把茶壶,和一小碟法式玛德琳蛋糕。

"你们一定要尝尝玛德琳蛋糕,"院长说,"因为这是圣约瑟修女今天早上亲手为你们做的。"

她们聊起了家常。院长问凯蒂到中国有多久了,从香港来到这里,一路上是否非常疲劳。她还问凯蒂是否去过法国,以及是否觉得难以适应香港的气候。这是极其琐碎,却十分友好的闲聊,未免与当时的环境相抵触。客厅里非常安静,让你很难相信你是在一个人口稠密的城市当中。这里一片安宁,然而瘟疫却在周围肆虐,惊恐不安的百姓们全都被一个近似强盗的军人的坚强意志控制着。就在修道院的围墙之内,医务所里挤满了患病和快要死去的士兵,由修女们照料的孤儿们已经死去了四分之一。

不知何故,凯蒂对院长肃然起敬。在接受院长嘘寒问暖的同时,她仔细地端详这位严肃的女人。她一身白衣,衣着中唯一的颜色就是胸前那个醒目的红心。她是个中年妇女,可能有四十或五十岁,不过也很难说,因为她光滑白皙的脸上几乎没有皱纹,判定她远非年轻,主要是从她端庄的举止、她的自信,以及她干瘦的美而有力的双手上看出来的。她的脸型略长,嘴稍宽,牙齿大而整齐。鼻子虽不算小,但雅致而精美。然而正是在黑色的细眉之下的那双眼睛,使她的脸具有了强烈的悲剧特征。那双眼睛很大,黝黑,虽非十分冷淡,但沉稳镇定,令人慑服。看见院长,你首先想到的是她做姑娘时一定十分美丽,随即就意识到,这个女人的美丽取决于她的性格,因而随着年龄的增长而与日俱增。她的声音低沉克制,不管是说英语还是法语,都说得十分缓慢。然而她最引人注目的是身上那种因基督教的博爱而显得平和的权威气质,你能感到她有指挥的习惯。她十分自然地接受别人的服从,不过态度是谦逊的。你不难发现,她深刻地意识到了作为自己后盾的教会的绝对权威。然而凯蒂揣摩,虽然院长外表威严,但是由于人性的脆弱,她也具有常人的宽容;看见她听了沃丁顿不知羞耻的胡言乱语而露出庄重的微笑时,你就不难看出,她对那些滑稽的戏谑是能够充分领悟的。

然而院长身上还有另外某种品质,对此凯蒂模糊地有所感觉,但却说不清楚。虽然院长热情友好且举止高雅,但那种品质却让凯蒂觉得自己就像一名尴尬的女学生,因而也就拉开了与院长的距离。

42

"先生什么都不吃。"①圣约瑟修女说。

"先生的胃口被满族人的烹饪给惯坏了。"院长回答。

圣约瑟修女收起脸上的笑容,做出一本正经的样子。沃丁顿的眼睛里闪烁着调皮的火花,他又拿起一块蛋糕吃了起来。凯蒂不明白这到底是怎么回事。

"为了证明你的大错特错,嬷嬷,我要把家里为我精心准备的午饭倒掉。"

"如果费恩太太想看看修道院,我很愿意带她参观。"院长向沃丁顿建议,并朝凯蒂转过身来,满含歉意地笑着说,"很抱歉让你在这种混乱的时候参观。我们要干的事情太多,修女们人手不够。余团长坚持让我们用院里的医务室来收治生病的士兵,我们不得不把食堂改造成了孤儿们的医务室。"

她站在门边,让凯蒂先出去,然后她俩在圣约瑟修女和沃丁顿的跟随下,走过凉爽的白色的走廊。他们首先来到一间没有装饰的大房间,几个中国姑娘正在忙着做复杂的绣工活儿。见客人进来,她们都站了起来。院长把一些刺绣样品拿给凯蒂看。

---

① 原文是法语。

"虽然闹瘟疫,我们仍坚持让孩子们做绣工,因为做工可以使她们忘掉危险。"

来到第二间屋子,年纪更小的姑娘们正在做简单的缝纫、锁边和连缀。然后进了第三间屋子,里面只有一位皈依天主教的中国姑娘和她带领的一群小孩儿。她们正在喧闹地玩耍,看到院长来了,便跑过来围住她。都是些两三岁的孩子,长着中国人的黑眼睛和黑头发。她们抓住院长的手,藏进她宽大的裙子里。她严肃的脸上露出了陶醉的微笑,她抚摸着孩子们,说出一些逗乐的话。凯蒂尽管听不懂中国话,也知道那是些表示疼爱的话。她哆嗦了一下,因为这些穿着一模一样的衣裳,皮肤蜡黄,发育不良,鼻子扁平的孩子,让她觉得几乎不像人,令她厌恶。但是院长站在她们中间,仿佛就是博爱的化身。当她想要离开这间屋子时,孩子们不让她走,紧紧地贴着她,以致她不得不笑着劝说,轻轻地用力,使自己挣脱出来。孩子们对于这位尊贵的女士没有丝毫的畏惧。

"你当然知道,"当他们走过另一条走廊时,她说,"她们之所以成了孤儿,都是因为她们的父母想要抛弃她们。每送来一个孩子,我们都要给她的父母一些钱,这样他们才肯把孩子带来,不然的话,他们就不愿意费这个麻烦,而是干脆把孩子丢掉。"她转过身去看着圣约瑟修女。"今天有送来的吗?"她问。

"有四个。"

"如今,由于霍乱,人们更不愿意被这些没用的女孩儿拖累了。"

她带凯蒂参观了宿舍,然后经过一扇门,门上用油漆写着法文:医务室。凯蒂听得见里面的呻吟声、喊叫声,和仿佛不是人发出的痛苦的声音。

"我就不带你看医务室了,"院长用平静的声调说,"那不是谁都想看的地方。"她突然闪过一个念头,"我不知道费恩大夫是不是在里面?"

她用疑问的目光看了看圣约瑟修女,修女愉快地笑了,推开门闪了进去。门一开,凯蒂听见了里面更加恐怖的骚乱,吓得缩回了身子。圣约瑟修女返了回来。

"不在。他刚才来过,等一会儿还会回来。"

"六号床怎么样了?"

"可怜的孩子。① 他死了。"

院长在胸前画了十字,嘴唇动了动,做了简短无声的祈祷。

他们走过一个庭院,凯蒂的目光落在了两具并排躺在地上、覆盖着一块蓝棉布的瘦长的尸体上。院长转向沃丁顿。

"我们的床位极缺,不得不把两个病人放在一张床上。有病人死了,就只能把他裹出去,以便给别人腾出地方来。"但是她对凯蒂笑了笑,"现在,我要带你去看看我们的小教堂。我们为它感到非常骄傲。不久前,一位在法国的朋友给我们寄来了一尊真人大小的圣母雕像。"

---

① 原文是法语。

43

小教堂不过是一间长而低的房间,石灰水粉刷的墙壁,还有几排松木板长凳。屋子尽头是祭台,雕像就立在那儿。它是用巴黎石膏①雕成的,涂上了粗俗的颜色,显得十分光鲜和艳丽。雕像后面是一幅油画,画的是耶稣受难和在十字架下面显得过分悲痛的两位马利亚。油画画得很糟,黑色颜料的运用暴露了画家根本不懂色彩之美。周围的墙壁上则画着苦路十四处②,也是出自同一位蹩脚画家之手。小教堂实属丑陋和粗俗。

两位嬷嬷进来时都跪了下去,念上一句祷文,然后再起身。院长再次跟凯蒂闲谈起来。

"所有怕碰的东西,运到这儿时都碰坏了。但是,由捐助者赠送给我们的这尊雕像来自巴黎,却丝毫无损。这无疑是个奇迹。"

沃丁顿眨了眨刻薄的眼睛,却没有做声。

"祭台背后的装饰画和苦路十四处都是我们的一位修女圣安塞尔姆画的。"院长在胸前画了个十字,"她是一位真正的艺

---

① 巴黎石膏,石灰、沙和水的柔软的混合物,晾干而变硬。
② 苦路十四处,天主教为缅怀耶稣受难而设置的礼拜路线。

术家。非常不幸,她成了这场瘟疫的牺牲品。你不觉得这些画非常好看吗?"

凯蒂踌躇地表示肯定。祭台上摆着一束束纸花,烛台装饰得过分华丽,让人不忍多看。

"我们享有在此做圣事的特权。"

"是吗?"凯蒂说,不明白院长的意思。

"在这多灾多难的时候,这使我们感到莫大的安慰。"

他们离开了小教堂,顺原路返回到刚才待过的客厅。

"走前你想不想看看今天早上送来的婴儿?"

"非常想看。"凯蒂说。

院长领他们来到走廊另一侧的一间小屋子。一张桌子上铺着一块布,下面有什么东西在奇怪地蠕动。圣约瑟修女掀开布,露出了四个极小的、赤裸的女婴。她们浑身通红,四肢十分可笑地不停地乱动。那些古怪的中国人的小脸皱成了奇异的怪相,看上去几乎不像是人,而是某种不知名的奇怪动物。不过这场面还是挺令人感动的。院长看着她们,脸上挂着愉快的微笑。

"她们看上去很活泼。有的时候,孩子们送来时已经快死了。当然,她们只要一送来,我们就给她们施洗礼。"

"太太,您的丈夫见到她们一定会非常高兴,"圣约瑟修女说,"我相信,他能跟她们玩上个把钟头。她们一哭,他就会把她们抱起来,让她们舒舒服服地躺在他的臂弯里,然后她们就会高兴地笑起来。"

凯蒂和沃丁顿来到了门口。凯蒂郑重地向院长致谢,为自己的叨扰而深表歉意。嬷嬷屈尊还礼,顿时显得尊贵而又彬彬有礼。

"非常荣幸。你无法想象,你丈夫对我们有多么友善,帮助有多大。他是上天给我们派来的。我很高兴你和他一起来。因为有你在身边,有你的爱和你的——你的天生丽质,他回到家里一定会非常舒适。你一定要好好照顾他,别让他操劳过度。你一定要替我们大家照顾好他。"

凯蒂脸红了。她不知说什么才好。院长把手伸了过来,凯蒂在握住它的时候,意识到院长那双冷静关切的眼睛正在注视着自己,目光超然,同时又含着深沉的理解。

圣约瑟修女在他们的身后关上了门。凯蒂上了自己的轿子。他们顺着狭窄曲折的街道往回走。沃丁顿发了几句无关痛痒的议论,凯蒂没有回答。沃丁顿扭头看看,只见轿子侧面的帘子已经放了下来,看不见她了。他只好沉默地走下去。然而,当他们来到河边,她走出轿子时,他惊讶地发现她的眼睛里充满了泪水。

"怎么啦?"他问,脸上皱出一副惊愕的表情。

"没什么。"她试图笑笑,"是我没出息。"

44

又一次独自待在已故传教士的肮脏的客厅里,躺在正对着窗户的长椅上,冷漠地望着河对岸的庙宇(黄昏时分,它又变得似真似幻,异常美丽了),凯蒂想把心里的感受理出个头绪来。她万万没有想到,对女修道院的这次造访会让她深受触动。原本她去那儿只是出于好奇。当时她没有别的事情可做,多少日子里,都是望着河对岸的那座高墙城市发呆,未尝不想去看看它的神秘的街道,哪怕就瞥上一眼也可以。

然而一走进修道院,她就仿佛进入了时空迥异的另一个世界。那些不加装饰的房间和白色的走廊,既朴素又简单,仿佛有一种古老而又神秘的气氛。那座小教堂,粗俗而又丑陋,然而正是极端的简陋才使它显得哀婉动人。它具有那些大教堂——通常以彩色玻璃和壁画作为装潢——的富丽堂皇中所欠缺的某种东西:那就是非常之谦恭。是信仰使它增光添彩,是仁慈让它备受爱护,二者将温柔的灵魂之美赋予了它。处在肆虐的瘟疫当中,女修道院里的工作却进行得有条不紊,表现出一种临危不乱和务实理智的作风,事实上那几乎就是对瘟疫的轻蔑的嘲讽,给人留下了深刻的印象。凯蒂的耳边依然能够听到当圣约瑟修女把医务室的门推开的一瞬间,从里面传出来的可怕的喊叫声。

她们关于沃尔特的谈论颇出乎她的意料。先是圣约瑟修女提到他，然后院长本人也加入进来，她夸奖他时，声音非常温和。奇怪的是，知道她们对他的评价如此之好，竟让凯蒂产生了骄傲的兴奋之感。至于沃尔特正在做的事情，沃丁顿也曾经告诉过她，但是修女们不仅夸奖他的能力（在香港她就知道，他的智慧是公认的），也谈到了他的细心周到和温柔体贴。不错，他很可能是非常体贴的。当你生了病，那正是他一展身手的时候：他才智过人，绝不至于贻误了你的病情；他的触摸十分地舒适、沉着和温柔；他似乎具有某种魔力，仅仅由于他的在场，你的痛苦便减轻了。她知道，她恐怕再也无缘从他的眼睛里看到钟爱的目光了，那样的目光，她曾经是司空见惯，以致让她徒生厌烦。现在她才意识到他那颗爱心的容量是多么巨大了。他正以某种奇特的方式，把他的关爱倾泻到那些可怜的、只能寄希望于他的病人身上。她并不感到嫉妒，却不免心中茫然。仿佛她已经日益习惯、早已意识不到其存在的一个支撑突然间被撤掉了，因而她感到头重脚轻，摇摇晃晃地站立不稳。

她曾经蔑视过沃尔特，为此，她现在只能蔑视她自己了。他一定早就知道她是如何看待他的，却毫不难过地接受了她的评估。她很糊涂，对此他十分清楚，但是因为爱她，他并不在乎。现在，她已经不讨厌他了，也无所谓怨恨之感，有的只是担忧和困惑。她不能不承认，他具有非凡的品质，有时她甚至觉得，在他身上有一种陌生和不易觉察的伟大之处。不可思议的是，她竟未能爱上他，却仍然爱着一个现在已经看得十分清楚的、无足轻重的人。在那段漫长的日子里，她思前想后，准确地评估了查尔斯·汤森的价值，他是一个凡夫俗子，二流货色。她真想把心里仍然残存着的对他的爱彻底地撕扯干净！她尽量不去想他。

沃丁顿对沃尔特的评价也很高。只有她对沃尔特的优点视若无睹。这是为什么呢？就因为沃尔特爱她，而她不爱他。人心里究竟是什么在作怪，让你蔑视一个男人，就因为他是爱你的呢？然而沃丁顿曾经承认，他并不喜欢沃尔特。男人们确实不大喜欢他。显而易见，那两位嬷嬷对他是深有好感的。看来女人对他另有一番感觉。尽管他偏于羞涩，但她们还是能从他的身上感觉到异常的魅力。

45

不过说到底,令她感触最深的还是那些修女。圣约瑟修女,两颊绯红,一脸喜色,她是十年前跟随院长前来中国的一小群人当中的一个,曾经目睹自己的同伴在疾病、穷困潦倒和思念家乡的困境中一个接一个地死去,却依然保持着开朗和欢乐的情绪。究竟是什么使她保持了天真迷人的好心情呢?还有院长。凯蒂想象着再次站在院长的面前,她再一次感到了卑微和羞愧。虽然院长是如此地朴素和自然,却有着天然的尊严,令人敬畏,你无法想象谁敢对她流露不敬。从圣约瑟修女的站姿,从她各种细小的动作和回话时的语调,在在都能看出她恪守着对院长的深挚的服从;沃丁顿轻浮而无礼,然而在院长面前,从他的声调就能知道他是有所收敛的。凯蒂想,其实用不着知道院长出自法国一个显赫的家族,院长的风度便暗示了她的古老家世,她具有不容违拗的威信。她既有贵妇人的优越感又有圣徒的谦卑。在她坚定、端庄、饱经忧患的脸上,展现出了一种充满热情的严峻。与此同时,她又是悲天悯人和温柔亲切的,因而常常被吵吵闹闹、无拘无束、对她的深挚的慈爱深信不疑的孩子们簇拥着。当她看着那四个初生婴儿时,脸上挂着温柔却又意味深长的微笑:它就像照在寂寞荒凉、灌木丛生的旷野上的一道阳光。圣约瑟修女无意中所说的关于沃尔特的一番话,奇怪地让凯蒂颇为感动。她知道,沃尔特曾经急切地希望她能生个孩子,但是,她从来没有想到,像他那样沉默寡言的人,竟能毫不羞怯地对一个婴儿表现出一种迷人而又嬉戏的温柔来。大多数男人在照顾婴儿时都显得十分愚蠢和笨手笨脚的。他这个人多么奇怪!

然而在她深受感动的全部体验中也掺杂着一道阴影(银白色的云层中夹杂着一团乌云),持久而又清晰,令她局促不安。在圣约瑟修女有所节制的欢乐中,尤其是在院长温文尔雅的礼遇里,她体会到了某种疏离之感,令她感到了压抑。她们十分友好,甚至充满了热情,但同时又有所保留——她并不清楚究竟保留了什么——因此,她意识到自己不过是个偶尔造访的不速之客而已。在她和她们之间有一道障碍。她们说的是另一种语言,不仅话语不同,心境也不一样。当门在她身后关上以后,她觉得自己便被她们彻底地抛在脑后了,她们迫不及待地重新投入到受到耽搁的工作中去了,对她们来说,她可能根本就没有存在过。她觉得自己不仅被排除在了那个简陋的小教堂的门外,而且也被排除在她以全部的灵魂尽力追求的某个神秘的精神乐园之外了。突然之间,她感到了前所未有的孤独。这正是她哭泣的原因。

这时,她疲倦地把头向后一仰,叹息道:"唉,我真是毫无用处啊。"

46

那天晚上,沃尔特回到平房的时间比平时略早。凯蒂正躺在敞开的窗前的长椅上。天差不多黑了。

"要不要给你拿盏灯?"他问。

"晚饭做好后,他们会把灯拿过来。"

他总是漫不经心地跟她说话,说一些鸡毛蒜皮的琐事。他们俩就像是友好的熟人一样,从他的举止也看不出任何怀恨的迹象。他从不与她对视,也从不露出笑脸来。他严格地遵守着礼貌。

"沃尔特,如果我们熬过了这场瘟疫,你觉得我们该做些什么?"她问。

他等了一会儿才回答。她看不见他的脸。

"我没想过。"

若在从前,她会不假思索地想到什么就说什么,开口之前从不曾有所顾虑,但是现在她有些怕他了。她觉得嘴唇哆嗦,心跳也痛苦地加快了。

"今天下午我去了修道院。"

"我听说了。"

尽管语无伦次,她还是强迫自己说了出来。

"你把我带到这儿来,真是想让我死吗?"

"凯蒂,我要是你,就不会去想这些。这些事本应该尽快忘掉。总提它,我觉得不会有任何好处。"

"但是你并没有忘记,我也没忘。来这儿后我想了很多。有些话我必须要说,你能不能听听?"

"当然。"

"我一直都对你非常不好。我对你不忠诚。"

他呆住不动了,那副一动不动的样子异常可怕。

"我不知道你是否明白我的意思。对于一个女人来说,这种事,一旦过去了,也就过去了,不会放在心上。我觉得女人从来就不理解男人的态度。"她突然说,几乎连她都分辨不出那是自己的声音了,"你了解查利的为人,你知道他会怎么做。不错,你是对的。他是个无足轻重的家伙。我想,如果我不是像他一样毫无价值的话,也不会听从他的摆弄。我不要求你原谅我。我不要求你像从前一样爱我。但是,我们难道不能成为朋友吗?看到成千上万的人在我们周围死去,看到那些修女们在修道院里……"

"这跟她们有什么关系?"他打断了她。

"我也无法解释。今天我去那儿的时候就有一种奇怪的感觉。这件事对我来说似乎十分重要。那儿的情况很糟,而修女们的自我牺牲精神真是无与伦比。我不由得想到——但愿你能明白我的意思——如果你因为一个愚蠢的女人对你不忠而感到痛苦,那就太荒唐、太不值得了。我这个人太渺小,无足轻重,根本不值得你在意。"

他没有回答,但也没有走开,似乎是在等她继续说下去。

"沃丁顿先生和修女们都对我夸奖过你。我为你感到非常骄傲,沃尔特。"

"你以前可不是这样。以前你根本看不起我。你改变看法了?"

"难道你不知道我担心你吗?"

他再次沉默了。

"我不明白你的意思,"他终于说了,"我不知道你到底想要什么。"

"我自己什么都不要。我只想让你的不痛快减轻一些。"

她感到他的身体绷紧了,回答的声音非常冷淡。

"是你误解了,以为我不高兴。我要干的事情太多,没那么多工夫想到你。"

"我不知道修女们是否允许我去修道院帮忙。她们很缺人手。如果我能够帮上什么忙,那我真要好好谢谢她们。"

"那可不是件轻松愉快的工作。我怀疑你能否真乐意长期干下去。"

"你是不是根本就瞧不起我,沃尔特?"

"不是。"他支吾道,声音显得生疏,"我瞧不起自己。"

47

吃过了晚饭,沃尔特和平时一样坐在灯下看书。他每天晚上都要读书,直到凯蒂上床为止。然后他便走进他的实验室,那儿原是平房里的一间空房,他在里面安装了实验设备。他通常在那里工作到很晚,直至深夜。他睡得很少。他全神贯注在凯蒂一无所知的各种实验里。他从不跟她谈自己的工作,不过,即便是在从前,他也是闭口不谈的:他天生就不健谈。她仔细掂量他刚才对她说过的话:谈话没有任何实质内容。她对他知之甚少,因而无法判断他说的是不是真话。鉴于目前他的存在对她来说是如此地不祥,是否意味着她对于他可能早已不复存在了呢?从前他爱她的时候,她的谈话曾给了他莫大的愉快;如今他已不再爱她了,她的谈话也就让他觉得冗长乏味了。这让她深受伤害。

她看着他。在灯光下,他的侧影像是一座彩色的浮雕。配上他那匀称分明的五官,便使这座雕像很有特色,不过它的表情过于严肃了,因而显得残酷:除了浏览书页的眼睛以外,他周身纹丝不动,令人隐隐感到恐惧。谁能够想到,这样僵硬的面容也能够被强烈的情欲所融化,变成一副温柔的表情呢?只有她知道,而且曾在她的心里激起过厌恶的战栗。真奇怪,虽然他中看、诚实、可靠,并富于才华,但她就是无法爱上他。对她来说,无需再仰承他的爱抚,的确是一种解脱。

当她问他迫她前来是否真的是想害死她时,他不肯回答。其中的难言之隐既令她好奇,又让她感到恐惧。他那么善良,无法想象他竟会有如此恶毒的企图。他建议她来,一定是想吓唬她,并报复查利(这倒很像他的讥讽的幽默);后来则是因为固执,或是担心别人笑他窝囊,才坚持让她来的。

是的,他说他瞧不起自己。这到底是什么意思?凯蒂又看了看他那张平静冷酷的脸。他则根本没有注意她,好像她压根儿就没在屋子里一样。

"你为什么瞧不起自己?"她问,几乎没意识到自己在说话,仿佛早些时候的那场谈话未曾间断地一直延续了下来。他放下书,若有所思地望着她,好像要把自己的思绪从遥远的地方拉回来。

"因为我爱你。"

她脸红了,并把目光移开。她受不了他那种冷静、沉着和估量的目光。她明白他的意思。她过了一会儿才回答。

"我觉得你对我不公平。"她说,"就因为我不聪明、轻浮和平庸便责怪我,就是不公平。我就是这样长大成人的。所有我认识的姑娘都是这样……这就好比指责一个不懂音乐的人对一场交响音乐会不感兴趣一样。因为我不具备你所要求的那些品质而指责我,公平吗?我从没想过假装成别的人物来欺骗你。我只是漂亮爱玩而已。在一个集市的货摊上你不能指望买到珍珠项链或貂皮大衣,你只能指望锡皮喇叭和玩具气球。"

"我没责备你。"

他的声音显得疲倦。她开始对他感到有点儿不耐烦了。她蓦然间已经想通了,与像阴影一样笼罩在他们头上的死亡的恐怖相比,与那天她有幸目睹的令人惊叹的人性之美相比,他们之间的那些事实在是微不足道的。他为什么就不明白这个道理呢?一个愚蠢的女人与人通奸就真的那么要紧吗?为什么她的丈夫——面对着那些崇高的义举——把它看得那么重呢?奇怪的是,聪明如沃尔特,竟然对主次轻重没有丝毫的感觉。就因为他给一个玩偶穿上了华丽的服装,并把她放进圣殿加以崇拜,然后又发现玩偶体内填满了锯末,就既不能原谅自己,也不能原谅玩偶。他的心灵受到了伤害。过去,他一直是活在假象当中,一旦真相将假象打碎了,他就以为现实本身被打碎了。毋庸置疑,他不会原谅她,因为他不能原谅他自己。

她恍然听见他轻叹了一声,便迅速地瞟了他一眼。一个突如其来的念头闪了一下,使她屏住了呼吸。她险些叫出声来。

是否正是人们所谓的——一颗破碎的心,使他备受折磨。

48

第二天,她整天想的全是修道院。第三天一大早,沃尔特刚一离开,她就带了一个阿妈,雇轿子过了河。天色尚早,渡船上挤满了中国人,都是赶往河对岸那片阴影笼罩的陆地的,有的穿着农民的蓝褂子,另一些则穿着体面的黑色长袍,全都是一副古怪的死人面孔。他们上岸后,先在码头上迟疑地站一会儿,好像不知道该去哪儿,然后才三三两两,杂乱地朝坡上走去。

这个时间,城里的街道空空如也,比任何时候都更像是一座死城。行人都是一副魂不守舍的样子,你几乎会把他们当成鬼。天空无云,初升的太阳将融融的温暖泼洒在大街小巷里。难以想象,在这个快乐清新的诱人的早晨,这座城市却在瘟疫的魔掌中喘息,就像一个被疯子掐住了咽喉的人,已经奄奄一息了。不可思议的是,当人们痛苦地扭动着身躯,在恐惧中走向死亡时,大自然竟然无动于衷(一碧如洗的天空,像孩子的心一样清澈)。轿子在修道院门口落了地,一个乞丐从地上爬了起来,求凯蒂施舍。他穿着退了色的、像是从粪堆里扒出来的不成形的破烂衣裳,从衣裳的破洞里可以看见他又粗又硬、黑得像山羊皮似的皮肤。他的光腿骨瘦如柴,他的脑袋——粗糙的灰发像一堆乱草(两颊深陷,目光野蛮)——简直就是疯子的脑袋。凯蒂恐惧地转过身去,轿夫们粗暴地轰赶乞丐,但是他赖着不走。为了躲开他,凯蒂哆嗦着,给了他一点儿钱。

门开了,阿妈上前解释,说凯蒂想要见院长。她又一次被领进了那间逼仄的客厅,里面仅有的一扇窗户仿佛从来就没有打开过。她在那儿坐了许久,已经开始怀疑她的口信并未被传达了,就在这时,院长终于走了进来。

"我必须请你原谅,让你久等了。"她说,"我没想到你会来,我实在忙得脱不开身。"

"原谅我的叨扰。我担心我来得不是时候。"

院长冲她微微一笑,严肃却又温和,请她坐下来。但是凯蒂发现她的眼睛肿了。院长哭过。凯蒂暗暗吃惊,因为在她的印象中,院长是一个不会为任何世俗的烦恼过度动容的女人。

"我担心发生了什么事情,"她踌躇道,"你是否希望我离开?我可以另外找时间再来。"

"不,不。有什么事尽管讲。只是——只是因为我们的一位修女昨天夜里死了。"她的声音失去了一贯的平稳,眼睛里充满了泪水,"我不应该伤心,因为我知道她的善良纯朴的灵魂已经直接升入了天堂。她是一位天使。但是克制自己的弱点总归是困难的。恐怕我不是一个始终都非常理智的人。"

"我真难过,难过极了。"凯蒂说。

她易于同情,声音里已经带上了哭腔。

"她是十年前随我一道离开法国的修女中的一个。现在我们只剩下三个人了。我记得,我们一小群人站在船头上(你们管它叫什么,前甲板?),当船驶离了马赛港时,我们望着圣母马利亚的金色雕像,一起祈祷。自从我皈依了宗教,我的最大愿望就是获准前来中国,但是当我看见国土越来越远,还是忍不住哭了。我是她们的院长,我没有给我那些女孩子们做出好的榜样。那时,修女圣弗朗西斯·泽维尔——就是昨天夜里死去的那位修女——拉着我的手,劝我不要难过。不论我们在哪儿,她说,法国和上帝都与我们同在。"

人的天良,在院长心里搅起了巨大的痛苦,而理智和信仰又迫使她强忍住眼泪,她那严肃美丽的面孔被这样的纠结扭曲了。凯蒂把目光移开了。她觉得凝视别人的内心挣扎很不礼貌。

"我已经着手给她父亲写信了。她,和我一样,是她母亲唯一的女儿。她的父母是布列塔尼的渔民,这对他们来说实在是太残酷了。呵,什么时候这场可怕的瘟疫才能结束啊?今天早上我们这儿的两个女孩儿又被传染了,除非出现奇迹,否则什么也救不了她们。这些中国人毫无抵抗力。圣弗朗西斯修女的死是个非常严重的损失。有那么多事要做,而人手却比以往任何时候都缺。我们还有许多修女分布在中国各地的修道院里,她们都急着要过来。我想,我们整个修道会,为了赶过来支援,都不惜放弃她们所有的一切(只是她们已经一无所有了),但是这几乎意味着必死无疑。因此,只要我们这儿的修女们还能够应付,我不打算让别人付出牺牲。"

"这是对我的鼓励,嬷嬷。"凯蒂说,"我一直担心我来得不是时候。那天你说过,事情太多,修女们根本干不完。我就想,你能否允许我过来帮助她们。只要能帮上忙,我不在乎干什么。哪怕你就是让我擦洗地板,我也感激不尽。"

院长露出了愉快的笑容,凯蒂不禁惊异于人的情绪之易于改变,能轻而易举地从一种心境变到另一种心境。

"用不着你擦地板,孤儿们已勉强能干了。"她停顿了一下,温和地看着凯蒂,"亲爱的孩子,难道你不觉得,你跟自己的丈夫一起来这儿就是帮了大忙了？许多妻子都没有这种勇气，你比她们强多了。当你的丈夫干完一天的工作，回家来到你的身边时，你让他感到安宁与舒适。难道你还有其他的事比这更重要吗？相信我，那时他所需要的是你全部的爱和关心。"

凯蒂感到难以正视那道落在自己身上的目光，它既带有冷静的审视，又带有近乎讽刺的亲切。

"从早到晚我什么事都没有。"凯蒂说，"我觉得，有那么多事情需要做，我不能心安理得地无所事事。我不想让自己成为一个讨厌的废物。我知道我无权要求你的关照，或占用你的时间，但是，我说的都是真心话，如果你能让我对你们有所帮助，那就是你给予我的恩赐。"

"你看上去不太结实。你前天来看我们，使我们非常愉快。但我发现你的脸色非常苍白。圣约瑟修女认为你大概怀有身孕。"

"不，没有。"凯蒂喊道，脸一直红到了头发根。

院长轻轻地发出了一阵清脆的笑声。

"用不着害羞，亲爱的孩子，这种推测也未必不会发生。你结婚多久了？"

"我很苍白是因为我天生如此。但我很结实，而且我向你保证，我不怕干活儿。"

此时，院长完全恢复了女主管的身份。她不知不觉地显露出习以为常的权威来，并用评审的眼光打量着凯蒂。凯蒂感到了莫名的紧张。

"你会说中国话吗？"

"不会。"凯蒂回答。

"哦，真可惜。我原想让你去照看年龄大一点儿的女孩子。

现在看来非常难办了,我担心她们会变得——用你们的话怎么说?失去控制?"她以踌躇的声音结束了这番话。

"我能不能帮助姐妹们做护理?我一点儿也不怕霍乱。我可以去护理女孩儿或士兵。"

院长止住了笑,面带沉思,摇了摇头。

"你不了解什么是霍乱。它极为可怕,惨不忍睹。医务室里的工作由士兵来管,我们只需派一名修女去给予指导。至于说那些女孩儿……不,不,我相信你丈夫肯定不愿意。那儿实在太可怕了。"

"我会逐渐适应的。"

"不,绝对不行。这是我们的职责和权限范围内的事,你没有必要加入。"

"你让我觉得自己一钱不值,毫无用处。简直不敢相信,我什么都不能做。"

"你跟你丈夫说过你的想法吗?"

"说过。"

院长看着她,仿佛在探究她内心的秘密,但是当她看见凯蒂渴望和恳求的目光时,脸上露出了笑容。

"你显然是个新教徒,是吧?"

"是的。"

"没关系。沃森大夫,就是那位死去的传教士,也是新教徒。他跟我们没什么两样。他对我们来说是最有魅力的人。我们对他深怀歉疚和感激。"

这时,凯蒂的脸上闪过了一丝微笑,但是她什么都没说。院长似乎在思考什么。她站起身来。

"那就谢谢你了。我想我能找个事情让你做。确实,圣弗朗西斯修女离开我们以后,我们无法应付大量的工作。你什么时候可以开始工作?"

"现在。"

"很好。① 你这么说让我很高兴。"

"我保证尽力做好。非常感谢你给了我这个机会。"

院长打开了客厅的门,但是出门时,她又犹豫了。她再次向凯蒂投去意味深长的、洞彻的一瞥。然后她把手按在凯蒂的胳膊上。

"你要知道,亲爱的孩子,一个人不可能在工作中或在享乐中,也不可能在尘世上或在修道院里寻找到安宁,而只能在自己的灵魂中寻找。"

凯蒂微微一惊,而院长已经迅速地走了出去。

---

① 原文是法语。

49

　　凯蒂发现，工作使她的精神振作起来了。每天早上太阳刚出来不久，她就前往修道院，而在西下的夕阳给那条狭窄的河流和河中拥挤的帆船洒上了金辉的时候，她才返回到自己所住的那座平房。院长让她照管低龄的孩子们。当年，凯蒂的母亲把实用的家政理念从老家利物浦带到了伦敦，凯蒂虽说生性轻浮，毕竟也秉承了一定的家传，尽管她在谈及此事时，总是带着戏谑的口吻。因此，凯蒂的烹饪相当不错，也做得一手好针线。当她展示了这种才干之后，就被安排来指导年轻女孩子们的针织和缝折边。女孩儿们懂一点儿法语，她每天都学上几句中国话，因而也并不觉得很困难。别的时候，她得去照看低龄的孩子们，不让她们过于淘气。她得帮她们穿、脱衣服，并在她们应该休息时照看她们。那儿有许多婴儿，由阿妈们照料，她也须时时留意。交给她的活儿都不太重要，她一心想要做某种更为艰巨的工作，但是院长没有理睬她的请求。凯蒂出于对她的敬畏，也不敢强求。

　　最初几天，她几乎克制不住对这些女孩儿的隐隐的厌恶，厌恶她们肮脏的制服，粗硬的黑发，圆圆的黄脸，和她们盯着她看的黑亮的眼睛。然而她还记得第一次访问修道院时，院长被这些肮脏的小东西围在中间,她那温柔的目光使她的脸变得那么美丽动人,因而凯蒂竭力不让自己屈服于本能的冲动。现在情形有所不同了,她常常抱起这个或那个因为摔倒或出牙而哭闹的小家伙,说上几句温和的话(尽管孩子们听不懂她的语言),并且发现,当她抱紧孩子,用柔软的脸颊贴住那些哭泣的黄色脸蛋时,孩子们便得到了安慰,她自己也开始渐渐地摈除了陌生之感。小孩子们一点儿也不怕她了,常常为了一些稚气的问题来找她。看到她们的信任,她感到特别愉快。那些跟她学缝纫的年龄稍大的女孩们,情况也大抵相同。她们所流露出的聪明灿烂的微笑,以及她的一句夸奖给她们带来的满足,让她深受感动。她能够感觉到她们喜欢她,她深为满意和骄傲,她也喜欢她们。

但是,有一个女孩她总是无法亲近。那是一个六岁的小女孩,一个患脑水肿的痴儿,瘦小低矮的身子上顶着一个巨大的脑袋,走起路来头重脚轻,东倒西歪,眼睛大而无神,嘴巴流着口水。她只能粗哑地说几句含含糊糊的话,令人恶心和恐怖。不知什么原因,凯蒂觉得她像是一个痴呆的贴身物品,老是跟着自己,从一间大屋子的某个部分走到另一个部分。她总是贴着凯蒂的裙子,拿她的脸去蹭凯蒂的膝盖。她老想去抚摸凯蒂的双手。凯蒂恶心得打颤。凯蒂知道她渴望爱抚,但是鼓不起勇气去碰她。

一次,凯蒂跟圣约瑟修女说起她来,凯蒂说,她活着真是可悲。圣约瑟修女笑了笑,并向这个畸形的东西伸出手去。她走了过来,并用她隆起的前额去蹭修女的手。

"可怜的小东西,"修女说,"她被带来时已经奄奄一息了。由于上帝的仁慈,她经过时,我刚好就在门口。我想,一刻都不能耽搁,立即给她施了洗礼。你无法相信,为了留住她的生命,我们吃了多少苦头。有三四次,我们以为她的小小的灵魂已经升入了天堂。"

凯蒂沉默了。圣约瑟修女又娓娓动听地说起其他事情来。第二天,当这个痴儿走过来并摸她的手时,凯蒂紧张地、尽量爱抚地把手放到她那光秃的大脑瓜上。她竭力在嘴角挤出一丝微笑来。但是,这个孩子,以一个痴儿的任性,突然离开了她。孩子似乎对她失去了兴趣,而且一整天,以及随后许多天都不再注意她。凯蒂不知道自己做错了什么,试图用微笑和手势把她引诱到自己身边来,但是孩子总是扭头走开,故意不去看她。

50

　　修女们从早到晚忙碌于上百种的工作，因而，除去在那个寒酸简陋的小教堂里举行礼拜仪式的时间外，凯蒂几乎都见不到她们。凯蒂来到这儿的第一天，院长在那些依照长幼顺序在小教堂的长凳上就座的修女们的身后，看见了她的身影，于是走过来跟她说话。

　　"我们礼拜时，你不要以为你也必须来，"院长说，"你是新教徒，你有你的信仰。"

　　"可是我愿意来，嬷嬷。我发现这能使我平静。"

　　院长凝视了她一会儿，然后庄重地微微点了点头。

　　"你当然可以按照自己的选择去做。我只想让你明白你没有这样做的义务。"

　　不过，凯蒂同圣约瑟修女的关系很快就变得很近，或许还说不上是亲密，但已经是相当熟稔了。修道院的一应经济都是由圣约瑟修女掌管的，照料这个大家庭的物质福利使她一天到晚都停不下来。她说她仅有的休息时间都用来做祷告了。但是，傍晚时分，当凯蒂跟那些埋头工作的女孩子们待在一起时，她常常会跑过来，声称自己累得筋疲力尽，一点儿空闲都没有，并坐上几分钟，闲聊一会儿，这让她感到莫大的愉快。当院长不在场时,圣约瑟修女是个兴高采烈、十分健谈的人,爱说笑话,也未尝不喜欢散布一些流言蜚语。凯蒂对她毫无顾忌,凯蒂的秉性习惯也丝毫不妨碍圣约瑟修女保持其脾气好、不做作的本色,凯蒂跟她交谈时感到非常愉快。她毫不介意凯蒂的法语有多糟,对凯蒂的错误,她们俩经常相对大笑。每天圣约瑟修女都教凯蒂几句有用的中国话。她是农民的女儿,在内心深处仍然是一个农民。

"我小时候放过牛,"她说,"像圣女贞德一样。但是我太调皮捣蛋了,因而不可能见到神灵。我想,幸亏没见到,否则的话,我父亲一定会鞭打我。他经常鞭打我,这个好老头儿,因为我是个非常淘气的小女孩。现在想起我当年的那些恶作剧来,我还会觉得害臊呢。"

凯蒂笑了起来。没想到这位肥胖的中年修女,竟然曾经是个不规矩的小孩儿,她身上依然带有某种孩子气的单纯,让你不由得从心里喜欢她:她的身上似乎有着深秋原野里——当苹果树枝头果实累累,庄稼收割并安全归仓之后——的一股香气。她没有院长的悲剧式的严肃,却带着纯朴幸福的欢乐。

"你从没想过再回一趟家吗,嬷嬷①?"凯蒂问。

"嗯,没有。那样就很难再回来了。我喜欢待在这儿,当我和孤儿们在一起时,我感到从未有过的快乐。她们都那么好,那么讨人喜欢。然而,作为一名修女固然非常美好,但毕竟每个人都有母亲,而且不要忘记,每个人都是吸母亲的奶水长大的。我的母亲已经老了,让我难以忍受的是我将再也看不到她了。不过她很爱她的儿媳,我哥哥对她也很好。哥哥的儿子现在也已

---

① 原文是法语。

经长大了,我想,他们将非常高兴,农场里又增添了一双强有力的臂膀。我离开法国时,他还是个孩子呢,但是已经看得出来他日后一定会有一对足以击倒公牛的铁拳头。"

在这间安静的屋子里,听着这位修女的陈述,你几乎无法想象就在这四堵墙的外面,霍乱正在肆虐。圣约瑟修女显得无忧无虑,这也传染给了凯蒂。

圣约瑟修女对这个世界和世上的人有着天真的好奇。她向凯蒂询问有关伦敦和英国的各种各样的问题,她认为那是一个雾非常浓,以致你在中午都看不见自己双手的地方;她想知道凯蒂是否经常参加舞会,是否住在豪华的大房子里,以及有多少兄弟姐妹。她经常谈到沃尔特:院长说他非常出色,并且每天她们都要为他祈祷;凯蒂真是幸运,有一位这么好、这么勇敢、这么聪明的丈夫。

51

  但是,圣约瑟修女或迟或早总要把话题转回到院长身上来。凯蒂从一开始就感觉到了,这个女人的个性支配着整个修道院。毋庸置疑,修道院里所有的人都爱她、钦佩她,同时又对她怀有敬畏之感,甚至相当怕她。尽管她很和蔼,在她面前,凯蒂还是觉得自己像一名女学生。跟她在一起时,凯蒂一直都不大自然,因为总怀着一种十分生疏,以致令她颇为窘困的心情:敬畏。圣约瑟修女带着要让凯蒂留下深刻印象的坦率的愿望,向凯蒂细述了院长的家世是如何显赫。在院长的祖先当中不乏重要的历史人物,她与欧洲半数国家的国王都有着亲戚关系:西班牙的阿方索国王就曾经在她父亲的领地上打过猎,她家的城堡遍布整个法国。抛开如此的奢华想必是非常地不容易。凯蒂笑着听她说,内心确实留下了深刻的印象。

  "此外①,关于这个家庭,你只要看看她就知道了。"修女说,"它不愧是精华②。"

  "她的手是我所见过的最美的手。"凯蒂说。

  "嗯,你还得知道她是怎样使用这双手的。她不怕做任何

---

  ①② 原文是法语。

工作,我们的好嬷嬷①。"

她们刚来这座城市时,这儿什么都没有。她们建起了修道院。院长制定了规划,并且监督实施。她们从来到这儿的那一刻起,就着手从婴儿塔②和残忍的接生婆的手里抢救那些被遗弃了的可怜的女婴。一开始她们无床睡觉,也没有玻璃挡住夜间的凉气("没有什么比这更有害于健康了。"圣约瑟修女说),经常穷得分文不剩,不仅不能给建筑工人发工资,连她们自己最简单的伙食都买不起。她们活得像农民,不,她是怎么说的来着?她说,法国的农民——就是为她父亲干活的那些人——会把她们当时所吃的那些东西扔给猪吃。那时,院长就把女孩子们叫过来,围在自己身边,于是她们一起跪下来祈祷,而圣母马利亚就会把钱送过来。第二天,就会有一千法郎邮寄过来;或者,当她们正跪在地上的时候,一位陌生人,一个英国人(一个新教徒,如果这让你高兴的话),甚至是一位中国人,就会来敲门,带给她们一份礼物。有一次,她们的处境十分窘困,于是全体向圣母马利亚发誓,如果她能解救她们,她们就为她背诵《九日经》③。你相信吗?第二天,那个可笑的沃丁顿先生就来看我们了,他说看我们的样子,好像每个人都巴不得吃一大盘烤牛肉,于是就给了我们一百美元。

这个小个子男人真有意思,他的秃顶和那对狡诈的小眼睛④,还有他说的那些笑话,都非常可笑。我的上帝⑤,他真是在糟蹋法语。可是你见到他还是忍不住想笑。他的情绪总是那

---

① 原文是法语。
② 婴儿塔,容纳死婴(父母因为穷而无力体面地埋葬他们)的泥塔。
③ 指天主教连续九天的祈祷式。
④⑤ 原文是法语。

么好。在这场可怕的瘟疫期间,他好像一直在过节似的。他具有法国式的心肠和风趣,让你很难相信他是一个英国人。当然,他的口音除外。不过有的时候,圣约瑟修女觉得,他是故意说那种蹩脚的法语来逗你笑的。当然,他的道德品质并非尽如人意,但那终归是他个人的事(修女说到这里叹了一口气,耸了耸肩,摇了摇头),他是个单身汉,他还年轻。

"他的道德有什么不当之处吗,嬷嬷①?"凯蒂笑着问。

"你难道不知道吗?我觉得对你说这些是个罪过。我没有权利说这种事。他跟一个中国女人住在一起,不是中国女人,是一个满族女人。好像是一位公主,爱他爱得发狂。"

"听起来简直不大可能。"凯蒂喊了起来。

"真是这样,我向你保证。这绝对是真的。他那么做实在很恶劣。那种事是不能做的。你第一次来修道院时,他不吃我特意做的玛德琳蛋糕,我们的好嬷嬷②不是说他的胃让满族烹饪给惯坏了吗?指的就是这件事,你应该看见他当时的反应了。整个故事听起来确实挺稀奇的。当时,在革命期间,当人们正在屠杀满人的时候,他好像正好待在汉口。就是这个不起眼的好心的沃丁顿救了某个满族显贵家庭的命。那家人是皇亲。那个姑娘疯狂地爱上了他——剩下的事你自己也能想象出来。后来,当他离开汉口时,姑娘就随他私奔了。现在她跟着他到处走,他也不得不听天由命地把她留下了,可怜的家伙。我估计,他非常爱那姑娘。有时,这些满族女人非常招人喜欢。哎哟,你看我扯到哪儿去了,我有许多事要做,而我却坐在这儿闲扯篇儿。我不是个好修女。我真为自己感到害臊。"

---

①② 原文是法语。

52

凯蒂有一种奇怪的感觉,觉得自己日渐成熟起来了。持续的工作转移了她的注意力,接触到另外的生活方式和另外的观念后,更激发了她的想象力。她的精神开始重新振作起来,觉得自己更好更强了。现在她才发现,自己从前好像只知道哭,除此之外什么都不会。令她吃惊并颇为不解的是,她竟然能对各种各样的事情放声大笑了。生活在可怕的瘟疫当中似乎也开始变得平平常常。她知道自己身边的人正在纷纷死去,但是她已经能够十分坦然地面对这种情况。院长曾禁止她进入医务室,那扇紧闭的门激起了她的好奇心。她早就想从门缝往里偷看,但是这么做很难不被人发现,而且她不知道院长会怎么惩罚她。要是因此而被打发离开,那就得不偿失了。现在,她的全部心思都在孩子们身上,如果她离开,她们会舍不得的。说实话,如果没了她,她不知道孩子们会做什么。

一天,她猛然意识到,已经有一个星期她既没有想到,也没有梦见过查尔斯·汤森了。她的心猛烈地撞击到胸腔上:她复原了。现在可以无动于衷地想到他了。她不再爱他了。呵,终于解脱和解放啦!她曾经对他那样一往情深、朝思暮想,回想起来,真有恍如隔世之感。她曾经以为,如果他抛弃了她,她将会死掉,往后的生活,除了痛苦,就不会再有别的了。可是现在她已经在大笑了。一个无足轻重的家伙。她曾经落到了何等愚蠢的地步啊!如今,平静地想起他来,她感到奇怪,她到底从他身上看到了什么。幸亏沃丁顿什么都不知道,她才无需忍受他那刻薄的目光和辛辣的嘲讽。她自由了,总算自由了,彻底自由了!她几乎忍不住要放声大笑。

孩子们正在又跑又跳地玩游戏,她带着溺爱的微笑看着她们玩儿,这已经成了她的习惯,当她们吵得太厉害时就管管她们,照看她们不要因为过度兴奋而有人受伤。然而这会儿,她正在兴头上,觉得自己简直就跟孩子们一样年幼,于是也加入到游戏中去了。小姑娘们高兴地接受了她。她们在屋子里来回追逐,带着难以想象的几近撒野的兴奋,扯着嗓门尖声高叫。她们越玩越兴奋,高兴得欢蹦乱跳。吵闹声震耳欲聋。

突然,门开了,院长站在门槛那儿。凯蒂不好意思地慌忙从十几个尖叫着围着她纠缠的小姑娘的中间解脱出来。

"你就是这样让孩子们保持规矩和安静的吗?"院长问道,嘴角挂着一丝微笑。

"我们在玩游戏,嬷嬷。她们太兴奋了。这是我的错,是我带领她们玩的。"

院长走上前来,和平时一样,孩子们把她围了起来。她搂着她们窄小的肩膀,嬉戏般地揪一揪她们黄色的小耳朵。她意味深长而又温和地望着凯蒂。凯蒂脸红了,呼吸急促起来。她水汪汪的大眼睛闪烁发光,美丽的头发因嬉笑逗闹而凌乱不堪,一副可爱的困惑模样。

"你很美,我亲爱的孩子①,"院长说,"看见你就打心眼里

---

① 原文是法语。

感到高兴。难怪孩子们这么喜欢你。"

凯蒂的脸变得通红,不知为什么,眼泪一下子涌满了她的眼眶。她赶忙用手捂住脸。

"哦,嬷嬷,你太让我难为情了。"

"别傻啦。美丽也是上帝的馈赠,一种最为难得和珍贵的礼物。如果我们幸运地拥有了它,应当衷心地表示感谢。如果我们未能拥有,但别人的拥有能为我们所欣赏,我们同样也要衷心地表示感谢。"

她再次露出了微笑,并且轻轻地拍了拍凯蒂柔软的面颊,好像她也是一个孩子。

53

　　自从到修道院工作之后，凯蒂与沃丁顿见面的机会就少了。他曾经有两三次到河边来与凯蒂见个面，然后他们一起步行上山。他也到凯蒂家里来，喝上一杯威士忌加苏打，但很少留下来吃晚饭。但是，一个星期天，他建议他们带上午饭，乘轿子去一座佛寺。寺庙离城十英里，是远近闻名的进香朝拜之地。院长坚持要凯蒂每星期休息一天，星期天不许她工作。沃尔特在周末自然还是和平时一样忙。

　　为了在酷热的正午之前赶到佛寺，他们一大早就出发了。轿子行走在稻田间的狭窄土路上，不时路过一些惬意地掩映在绿竹丛中的舒适的农舍。凯蒂十分享受这样的悠闲自在。在城市中禁锢久了，一旦看到四周宽阔的原野，心情顿时豁然开朗了。他们来到了寺庙跟前，那是一片散落在河边的低矮的禅房，安详地隐蔽在树荫里。满面笑容的和尚们领着他们走过寺庙的庭院，庭院空空，一派庄严的空寂；还带他们参观了神殿，殿内的神像面目怪异。高坛之上端坐着佛陀，孤傲而悲悯，出神凝思的神情微微地露出笑意。这里的一切都笼罩在沮丧低落的情绪之中，往日富丽堂皇的庙宇早已剥蚀得土石斑斑，一派破落景象了；神像上落满了尘土，当初塑造神像的那份信仰显然已经荡然无存了。和尚们似乎是勉为其难才留了下来,仿佛正在等候散伙的通知;彬彬有礼的住持笑容可掬,然而笑容中已流露出了退隐的无奈。和尚们早晚会离开这片浓荫覆盖的幽静的树林,出外云游,毁弃的寺庙也将遭受狂风暴雨的侵袭,并最终被周围的大自然所包围吞噬。野生的蔓草将攀援缠绕在废弃的神像上,庭院里也将长满了树木。那时,神灵就不再栖息于此了,取而代之的将是阴暗邪恶的幽灵。

54

他们坐在一座小亭子(四根涂漆的立柱支撑着高高的瓦顶,屋顶下立着一口大铜钟)的台阶上,望着河里缓慢的流水,河水曲曲弯弯地流向那座灾难的城市。他们可以望见它的垛墙。城头上笼罩着热气,像是棺材上的罩布。虽然河水流动缓慢,但毕竟还是在移动,使人徒生逝者如斯的悲凉之感。万物飘然而逝,然而又何曾留下过飘逝的痕迹呢?凯蒂觉得大家,整个人类,都像这河中的水滴一样,日夜流淌,彼此靠得很近,又隔得很远,形成一股无名的洪流,奔向大海。既然万物存在得如此短暂,就没有什么至关重要的事情了。人们给各种琐事赋予了荒唐的重要性,想想实在可怜,无端给自己,也给相互之间带来那么多的不愉快。

"你知道哈林顿公园吗?"她问沃丁顿,美丽的眼睛里含着微笑。

"不知道,怎么了?"

"没什么,只是觉得它离这儿太远了。我的家人住在那儿。"

"你想回家了吗?"

"不是。"

"我估计一两个月你就会离开这儿。瘟疫似乎减轻了,天气变冷后,它应该就结束了。"

"离开这儿,我多半会难过的。"

一时间她想到了未来。她不清楚沃尔特有什么打算。他没跟她说起过。他一如既往地冷淡、礼貌、沉默寡言和难以理解。两颗渺小的水滴,在河里默默地流向未知的地点;两颗渺小的水滴,自以为具有诸多的特殊性,而在旁观者看来,不过是河水的不可区分的一部分而已。

"小心别让那些修女改变了你的信仰。"沃丁顿说,露出了刻薄的微笑。

"她们太忙,也不在乎我的信仰。她们都很出色,也非常善良。不过——我也不知如何解释——在她们和我之间有一堵墙。我不知道那究竟是什么。好像她们具有一种秘密,使她们的生命变得如此不同,而我却不配分享这种秘密。这并非信仰,而是某种更深沉和更——更重要的东西。修女们是走在与我们不同的另一个世界里,对她们来说,我们永远是陌生人。每天,当修道院的门在我身后关上时,我都觉得,对于她们,我已经不复存在了。"

"我能理解,那对你的虚荣心是一种打击。"他嘲讽地回应。

"我的虚荣心?"

凯蒂耸了耸肩膀。然后,她又笑了,慢吞吞地转向他。

"你为什么从没告诉过我,你跟一位满族公主住在一起?"

"那些长舌妇都跟你说了些什么?我认为,修女们议论海关官员的个人隐私是一种罪过。"

"你干吗这么敏感呀?"

沃丁顿看看地面,又看看别处,显得躲躲闪闪的。他微微地耸了耸肩。

"这没什么好张扬的。我知道这不会给我的晋升增加多少机会。"

"你是不是非常爱她?"

这时他把头抬了起来,丑陋的小脸上露出了调皮学生的神情。

"为了我,她把什么都抛弃了,住处,家庭,安全,自尊。自从她抛弃一切跟了我,到如今已经过去许多年了。我把她打发走过两三次,但她总是又跑了回来。我也甩了她自己跑开过,可是她总能跟踪到我。现在我彻底放弃了,不再干这种徒劳无功的傻事了。我想,我已经准备好要跟她过一辈子了。"

"她一定爱你爱得发狂。"

"要说,那真是一种相当有趣的感觉。"他回答,前额困惑地皱了起来,"我丝毫不怀疑,如果我离开了她,她肯定会自杀。不是出于对我的任何怨恨,而是势所必然,因为没有我,她根本就不想活。知道这些,会让人有一种奇特的感觉。你禁不住会觉得,这对你确实意味着什么。"

"但是爱一个人,而不是被人爱,才是真正重要的。人对于爱他的人们可能连感激之心都没有。如果他不爱他们,那他们只会惹他心烦。"

"我没有多数人的经验,"他回答,"我的经验只是个特例。"

"她真是皇帝的公主吗?"

"不是,那是修女们的浪漫的夸张。她属于满族的一个显赫家族,不过那些家族,当然啦,已经被革命毁灭了。她仍不失为一位贵妇人。"

他以得意的腔调说了这番话,凯蒂的眼里闪现出一丝微笑。

"那你是否打算一辈子留在这儿?"

"在中国?是的。去别的地方她怎么办呢?退休后,我就在北京找一栋中国式的小房子,在那儿了此残生。"

"你们有孩子吗?"

"没有。"

她好奇地看着他。真奇怪,这个尖嘴猴腮的、秃顶的小个子男人,竟然能引起那个外国女人如此神魂颠倒的热情。她也不知道为什么,他所说的那个女人的独特的极度忠诚——尽管他说得漫不经心,用语轻率——给她留下了强烈的印象。这也多少触及了她的心事。

"这些看起来确实距哈林顿公园太遥远了。"她笑着说。

"你为什么这么说?"

"我什么事都不懂。生活真是奇怪。我感觉就像一个一辈子住在鸭池旁的人,突然被带到海边一样。这使我有点儿喘不过气来,又使我充满了欢快。我不想死,我想活。我开始感到有了新的勇气。我觉得自己像一个扬帆驶向未知海域的古老的水手,我的灵魂渴望去探索未知。"

沃丁顿若有所思地看着她。她出神的目光落在了平滑的河面上。两个水滴默默地、默默地朝着黑暗永恒的大海流去。

"我可以去拜访这位满族女人吗?"凯蒂突然抬起头来问道。

"她一句英语也不会说。"

"你对我非常好,你为我做了许许多多的事,也许,我可以用我的方式向她表示,我对她怀着友好的感情。"

沃丁顿露出浅浅的嘲弄的微笑,但是愉快地回答:

"哪天我过来接你。她会给你献上一杯茉莉花茶。"

她不想告诉他,这个异国之恋的故事从一开始就激起了她的幻想。现在,那位满族公主就像是某种象征,正隐隐约约,却又持续不断地向她招手。公主的手正谜一般地指向那片心灵世界的神秘的土地。

55

但是一两天之后,凯蒂有了意外的发现。

她跟平时一样前往修道院,第一件工作就是检查孩子们的洗漱和穿戴。由于修女们坚信夜晚的空气对人有害,因而将门窗紧闭,使得走廊里的空气又潮又臭。每天早晨,刚刚呼吸了新鲜的空气,来到这儿以后,凯蒂总觉得不大舒服,她总是赶忙把窗户打开。然而今天她突然感到非常恶心和头晕,她在窗前站住,努力使自己镇定下来。以前从未出现过这么糟的情况。一会儿,恶心变得不可抑制,她呕吐起来。她喊叫了一声,把孩子们吓坏了,那个协助她的年龄稍大的女孩跑了过来,看见凯蒂脸色苍白,浑身发抖,顿时站住了,并惊叫了起来。霍乱!凯蒂脑子里闪过了这个念头,然后一种垂死的感觉袭上身来。她充满了恐惧,极度痛苦地感到死亡似乎正在流过全身的血脉,她挣扎了好一会儿,感觉病得不轻,然后便是一片黑暗。

当她睁开眼睛时,一开始不知道自己是在什么地方。她好像是躺在地上,轻轻地动一动脑袋,觉得是枕在枕头上。她什么都想不起来了。院长正跪在她的身边,把嗅盐凑到她的鼻子底下,而圣约瑟修女则站着观察她。不一会儿,记忆就恢复了。霍乱!她在修女们的脸上看到了惊恐。圣约瑟修女的身影显得十分庞大,轮廓模糊。恐惧再次压倒了她。

"呵,院长嬷嬷,院长嬷嬷,"她呜咽着,"我快死了吗?我不想死。"

"你当然不会死。"院长说。

她很平静,眼睛里甚至含着笑意。

"可是这是霍乱。沃尔特在哪儿?去找他了吗?呵,院长嬷嬷,院长嬷嬷。"

她泪如泉涌。院长把手递给她,凯蒂抓住它,好像是抓住了她担心失去的生命一样。

"好啦,好啦,亲爱的孩子,你千万别瞎想。这不是霍乱或别的重病。"

"沃尔特在哪儿?"

"你丈夫太忙,不能去打扰他。五分钟之内你就会好起来的。"

凯蒂委屈地盯着她。院长为什么这么平静地对待此事?这近乎残忍。

"请保持一分钟的绝对安静。"院长说,"你用不着为自己担心。"

凯蒂觉得心跳很快。她早已习惯于认为自己似乎不大可能染上霍乱了。唉,她多傻啊!她知道自己快要死了。她感到害怕。姑娘们抬进来一张长藤椅,并把它放到窗前。

"来,让我们把你扶起来。"院长说,"你在躺椅上会更舒服些。你觉得你能站起来吗?"

院长把手伸到凯蒂胳膊下面,圣约瑟修女扶着她站起来。她虚弱地坐进藤椅里。

"我最好把窗户关上,"圣约瑟修女说,"早上的空气对她不好。"

"别,别,"凯蒂说,"让它开着。"

看见了窗外的蓝天,这给了她信心。她还在发抖,但确实觉得好多了。两位嬷嬷默默地看了她一会儿,圣约瑟修女对院长说了些什么,她听不懂。然后院长坐到躺椅边上来,握住了她的手。

"听我说,我亲爱的孩子……①"

她问了她一两个问题。凯蒂回答了,但不知道是什么意思。她的嘴唇还在哆嗦,连话都说不清。

"毫无疑问,"圣约瑟修女说,"这种事瞒不过我去。"

她轻轻地笑了起来,凯蒂从中似乎听出了分明的兴奋和无限的怜爱。院长仍然握着凯蒂的手,露出了极其温柔的笑容。

"圣约瑟修女在这些事情上比我更有经验,亲爱的孩子,她一眼就看出你到底是怎么回事了。显然,她没有看错。"

"你说的是什么意思?"凯蒂着急地问。

"这很明显。你从没想到过发生这种事的可能性吗?你怀孕了,亲爱的。"

凯蒂惊讶得浑身发抖,她把脚放到了地上,仿佛想要跳起来。

"躺着别动,躺着别动。"院长说。

凯蒂觉得自己的脸烧得通红,她把手捂在胸前。

"这不可能。弄错了。"

"她说什么?②"圣约瑟修女问。

院长给她做了翻译。圣约瑟修女宽阔纯朴的脸上喜形于

---

①② 原文是法语。

色,两颊通红。

"不可能弄错。我敢担保。"

"你结婚多久了,孩子?"院长问,"哎呀,我嫂子结婚跟你一样久的时候已经有两个孩子了。"

凯蒂向后一靠,深陷在躺椅里。她心如死灰。

"我感到害臊。"她低声说。

"因为你怀孕了?为什么,还有比这更正常的吗?"

"医生该多高兴啊①。"圣约瑟修女说。

"就是,想想,你丈夫该多高兴啊。他将乐不可支。你只要看看他跟婴儿们在一起时的样子,看看他逗她们玩儿时的表情,你就知道,当他有了自己的婴儿时,会有多高兴。"

一时之间凯蒂沉默了。两位修女亲切地关注着她,院长抚摸着她的手。

"我真蠢,没能预先有所察觉。"凯蒂说,"无论如何,不是霍乱还是让我感到高兴。我感觉好多了。我该回去工作了。"

"今天不行,亲爱的孩子。你受了惊吓,你最好回家去,好好休息休息。"

"不,不,我更愿意留下来工作。"

"我坚持我的决定。如果我听任你的鲁莽,我们好心的医生会怎么说?如果你愿意,你可以明天或后天再来,但是今天你必须静养。我会给你雇个轿子。你愿不愿意我派个小姑娘陪你回去?"

"不,不用,我一个人能行。"

---

① 原文是法语。

56

凯蒂躺在床上。百叶窗关上了。午饭已经吃过,佣人们都睡下了。这天早上听说的情况(现在她确信那是真的了)令她惊恐不已。自从回到家她就一直在想,但是心里空荡荡的,理不出个头绪来。突然,她听见了脚步声,那是皮靴的声音,因而来的不会是佣人。她担忧地屏住呼吸,知道来人只可能是她的丈夫。他在起居室里,她听见他在叫自己。她没有答应。片刻的沉寂之后,响起了敲门声。

"谁呀?"

"我能进来吗?"

凯蒂从床上坐起来,套上了晨衣。

"请进。"

他进来了。她庆幸关着的百叶窗的阴影遮住了她的脸。

"希望我没有吵醒你。我只是轻轻地敲了敲门。"

"我还没睡着。"

他走到一扇窗户跟前,打开了百叶窗。温暖的光线泻进了屋子。

"什么事?"她问,"你为什么这么早回来?"

"修女们说你不舒服。我想,我最好回来看看到底是怎回事。"

她心里闪过了一丝恼怒。

"如果我染上了霍乱,你会怎么说?"

"如果是霍乱,今天上午你肯定回不了家。"

她走到梳妆台前,拿梳子梳理自己的短发。她有意拖延时间。然后她坐了下来,点燃了一支烟。

"今天上午我感觉不太好,院长觉得我最好还是回到这儿来。但是我现在已经完全好了。明天我会照常去修道院。"

"你到底怎么了?"

"她们没告诉你?"

"没有。院长说还是让你自己告诉我。"

此时,他直盯着她的脸,近来他很少这样。他的职业直觉比他的个人感觉灵敏得多。她有些犹豫。然后,她强迫自己去面对他的目光。

"我怀孕了。"她说。

一番本应引起惊讶的话,他往往以沉默应对,凯蒂对此已经习以为常,似乎也从未感到过心烦意乱。他没有吭声,没有动作,面无表情,黑色的眼睛里也看不出任何变化,看不出他是否听见了她的话。她突然觉得想哭。如果一个男人爱他的妻子,他的妻子也爱他,那么在这种时刻,他们一定会深情地拥抱在一起。这种沉默令人无法忍受,她开口了。

"我不知道为什么以前我从未出过事。都怨我太笨,但是……种种迹象……"

"你有多长时间……你估计什么时候临产?"

他似乎难以启齿。她觉得他的嗓子和自己的一样干。讨厌的是她一说话嘴唇就发抖。如果他不是块石头的话,这应该会引起他的怜悯。

"我估计我像这样已经有两到三个月了。"

"我是孩子的父亲吗?"

她倒吸了一口气。他的声音里有一丝战栗。这显得十分可怕,因为他的冷静的自我克制,使得即便是轻微的情绪波动都足以令人震惊。不知为什么,她突然想起在香港见过的一种仪器,其中的指针仅仅发生了轻微的震动,人家就告诉她,这表示在数千英里之外发生了一起也许令上千人失去了性命的大地震。她看着他。他的脸煞白。这种脸色她以前曾经见过一两次。他略微偏着头,正俯视着她。

"嗯?"

她紧握着双手。她知道,如果她说是,那么对他来说,将意味着世上的一切。他将相信她,他当然会相信她,因为他愿意相信。然后他将原谅她。她知道他的柔情蜜意有多深,而且多么急于向她表示,尽管他十分羞涩。她知道他绝非睚眦必报之人,只要她给他一个借口,一个让他动心的借口,他就会彻底原谅她。她可以放心,他绝不会对她重提旧事。他可能心狠、冷漠而病态,但他绝不是卑鄙和心胸狭窄的人。如果她说是,那么一切都会改变。

再说她急切地需要同情。意外地得知自己怀孕后,她便充满了陌生的期待和向往。她感到虚弱、胆怯和孤独,觉得朋友们都远在天边。虽然她很少想到母亲,但是那天上午她却突然渴望跟母亲在一起。她希望得到帮助和安慰。她不爱沃尔特,她知道自己永远也不会爱上他,然而此时,她却全心地渴望他能把她揽入怀中,从而她可以把头靠在他的胸膛上,紧紧地贴住他以便痛痛快快地哭泣。她希望他吻她,她想伸出胳膊去搂住他的脖子。

她哭了起来。她撒过那么多谎,而且谎撒得那么轻松。只要能带来好的结果,撒谎有什么大不了的?谎言,谎言,什么是谎言?说声"是"如此地轻而易举。她看见沃尔特的眼光变柔和了,胳膊向她伸了过来。她不能说"是",她不知道为什么,她就是说不出口。在这苦难的几周内她所经历的一切,查利和他的冷酷无情,霍乱和所有死去的人们,修女们,甚至,十分奇怪,还有那位可笑的醉醺醺的小个子沃丁顿,所有这一切似乎都改变了她,以致她都不认识自己了。虽然她深受诱惑,但她灵魂深处的某个旁观者似乎正在惊恐地望着她。她必须说实话。这似乎并不值得说谎。她的思绪奇怪地游离了:她突然看见了那个死在院墙脚下的乞丐。她为什么会想起他来呢?她没有哭出声来,泪水从她睁大的眼睛里毫无障碍地泉涌而出,流淌到她的脸上。她终于回答了那个问题。他问她,他是不是孩子的父亲。

"我不知道。"她说。

他干笑了一声,像鬼一样。凯蒂打了个哆嗦。

"这就有点儿尴尬了,是不是?"

他的回答符合他的特点,跟凯蒂预料的完全一样,但还是让她的心沉了下去。她不知道他是否意识到她说出实情是多么困难(与此同时,她倒是觉得这么做一点儿也不难,相反,这其实是无可避免的),他是否能体谅她。她的回答——我不知道,我不知道——在她的脑子里回荡不已。这已经无法收回了。她从包里拿出手帕,把眼睛擦干。他们都不说话。在她床边的桌子上放着苏打水瓶,他给她倒了一杯水。他把水端到她跟前,并捧着杯子喂她喝。她注意到,他的手竟然那么瘦,这只手纤细好看,手指长长的,但是现在除了皮包骨以外,已是一无可观了。

他的手略微地抖动着：他可以控制自己的表情，然而他的手背叛了他。

"别在意我哭了，"她说，"真没什么。我只是管不住流出来的泪水。"

她喝了水，他把杯子放回去。他在椅子上坐下来，点燃了一支烟。他轻叹了一声。像这样的叹息她过去曾听到过一两次，每次都让她感到心头一紧。看到他现在的样子——他正心不在焉地凝视着窗外——她非常吃惊自己竟没有注意到，在最近几周内，他已经消瘦到了如此可怕的地步。他的两鬓深陷，颧骨在脸皮底下凸显出来。他的衣服松松地搭在身上，好像是为更胖的人剪裁的。他晒黑的脸皮透露出略带青绿的苍白。他看上去已经筋疲力尽了。他废寝忘食，工作过度劳累。凯蒂心中既充满了她自己的痛苦和烦恼，同时也装着对他的怜悯。想到自己对他爱莫能助，凯蒂感到于心不忍。

他用手撑着前额，好像是头疼。凯蒂觉得他的脑子里一定也在痛苦地回荡着那句话：我不知道，我不知道。十分奇怪，这个抑郁寡欢、冷漠腼腆的男人，竟然对那么小的婴儿有着如此纯真的感情，而多数男人甚至对亲生的婴儿都不太在意。那些修女们曾不止一次地说起过这件事，既颇为感动，也觉得有趣。如果他真是那么喜欢那些可笑的中国婴儿的话，那他对自己的亲生婴儿又会是何种感觉呢？凯蒂咬着嘴唇，不让自己再次哭起来。

他看了看表。

"我想我应该赶回城里了。今天我有一大堆事情要做……你觉得好些吗？"

"嗯，是的。别担心我。"

"我想,你今晚最好不要等我。我可能很晚才回来。我可以从余团长那儿弄到吃的。"

"好吧。"

他站了起来。

"如果我是你,今天就什么事都不做。你最好歇着。趁我在这儿,你还有什么事吗?"

"没有,谢谢。我不会有事的。"

他停了一下,好像拿不定主意。然后他突然拿起帽子,没有看她,径直走出了房子。她听见他穿过了院子。她感到了可怕的孤独。现在她无须克制自己了,于是尽情地一任眼泪倾泻而出。

57

晚上十分闷热，凯蒂一直坐在窗前，望着那座在星光下显得黑魆魆的中国庙宇的奇异屋顶。后来，沃尔特回来了。她已经哭肿了双眼，但情绪尚属稳定。尽管忧思过度，但或许正是由于身心疲惫，她才奇怪地感到了平静。

"我以为你已经睡下了。"沃尔特一进门就说。

"我不困。我觉得坐着更凉快。你吃晚饭了吗？"

"吃过了。"

他在这间长屋子里来回走，看得出来，他有话想跟她说。她知道他感到为难。她并不担心，静等着他下决心。他突然开口了。

"我一直在考虑你今天下午跟我说的话。我觉得，如果你离开这儿，恐怕会更好一些。我已经跟余团长说了，他会派人护送你。你可以带上阿妈一起走。你会很安全。"

"我要去什么地方？"

"你可以去你母亲那儿。"

"你觉得她愿意接待我吗？"

他停了片刻，犹豫着，好像在思考。

"那你可以去香港。"

"我到那儿去干什么?"

"你需要精心的护理和照顾。我觉得让你待在这儿不公平。"

抑制不住的微笑浮现在她的脸上,不仅带着苦涩,也带着坦率的开心。她瞥了他一眼,差点儿笑出声来。

"我不明白你为什么这么担心我的健康。"

他来到窗前,站在那儿看着外面的夜色。他未曾见过有那么多的星星挂在无云的天空上。

"像你这种情况的女人,不适合待在这里。"

她看着他,衬着夜色,他的薄衣裳泛着白光。在他好看的侧影里含有某种不祥,然而奇怪的是,此刻这并没有引起她的恐慌。

"当你坚持要我来这里时,你是不是想害死我?"她突然问。

他沉默了许久才回答,她还以为他不愿意搭理她呢。

"一开始是的。"

她哆嗦了一下,因为这是他第一次承认有此意图。但是她并未因此而对他产生敌意。她的这种感觉令她自己都感到惊讶,其中有些许赞许,也有一丝模糊的愉悦。不知何故,她突然想到了查利·汤森,觉得他真是一个卑鄙的笨蛋。

"那你可是冒了极大的风险。"她回答,"就凭你那么敏感的良心,我倒要看看,如果我真的死了,你能不能原谅自己。"

"可是,你毕竟没死。反倒精神焕发了。"

"这辈子我的感觉还从没这么好过。"

她有一种冲动,想趁他心情正佳时,请求他的宽恕。毕竟他们已经忍受了那段痛苦,目前他们正处于恐惧和不幸之中,似乎没有理由把那段荒唐的私通看得太重。当死神就站在街角,攫取生命就像园丁挖掘土豆一样容易时,若还去计较某个人玷污了自身的清白就未免太愚蠢了。她只要设法让他明白,其实查利对她来说已经是无足轻重,现在她已经很难想起他的面貌来,而且对他的恋情也早已从她的心头彻底消失。因为她对汤森已经失去了感觉,所以跟他有过的种种勾当也就不那么重要了。她已经收回了她的心,昔日的委身似乎已无足挂齿。她想对沃尔特说:"我说,你不觉得我们的别扭闹得太久了吗?我们像孩子一样互相生气。我们为什么不能亲吻一下变为朋友呢?因为不是情人,就不能成为朋友,哪有这种道理呀。"

他站着不动,面无表情,苍白的脸色在灯光下十分吓人。她不信任他。如果她说错了话,他就会冰冷尖刻地冲她发火。现在她对他的极端敏感已经有所了解了,他的尖刻的嘲讽就是一种自我保护,如果他感到受了伤害,他的心会极其迅速地封闭起来。一时间她对他的冥顽不灵感到十分恼火。显然,他最难以忍受的是虚荣心受到了伤害:她隐隐感觉到,这是他最难愈合的伤口。奇怪的是,男人们把妻子的忠诚看得如此重要。当她初次委身于查利时,她曾经预料会有非常不同的感觉,会变成另一个女人,然而她觉得自己仍然跟从前一模一样,她体验到的仅仅是满足和更加充沛的活力。现在,她后悔没有告诉沃尔特孩子是他的了,这个谎言对她来说真是无关紧要,而这种保证对他来说却是极大的安慰。况且这很可能根本就不是谎言。可笑的是,她内心深处的某样东西居然禁止她从这种模棱两可中获得好处。男人真是无聊!他们在生育中的作用那么不重要,是女人艰难地十月怀胎,疼痛地一朝分娩,而一个男人仅凭短暂的交合就如此荒谬地声称拥有特权。凭什么认为那样短暂的一时之欢就能影响他对孩子的感情呢?然后,凯蒂的思绪又转到了自己将要出生的这个孩子身上。她想到孩子并不是出于强烈的情感,也不是出于母爱,而是出于无端的好奇心。

"我想,你还是应该考虑一下。"沃尔特说,打断了长时间的沉默。

"考虑什么?"

他偏过头来,好像感到奇怪。

"关于你何时动身。"

"可是我不想走。"

"为什么?"

"我喜欢我在修道院里的工作。我觉得我能提供帮助。只要你在这儿,我就愿意留下来。"

"我觉得我应该提醒你,以你现在的情况,你大概更容易被传染上疾病。"

"难为你考虑得如此周到。"她嘲讽地笑道。

"你不是为了我才留下来的吧?"

她沉吟了片刻。他根本不知道,现在他在她心里引起的最强烈、最出人意料的情感就是怜悯。

"不是。你并不爱我。我经常觉得,我让你感到心烦。"

"我真没想到你会是这种人,能那么卖力地为几个呆板的修女和一群中国孩子做事。"

她的嘴唇露出了笑意。

"你错看了我,因而瞧不起我,我觉得非常不公平。你这么愚蠢,可怪不得我。"

"如果你决定留下来,你当然有这么做的自由。"

"很抱歉,我没为你提供展现宽宏大量的机会。"她觉得很难和他太严肃,"事实上,你是对的,我并不是仅仅为了那些孤儿才留下来的：你看，我的处境十分尴尬，在这个世界上我还没有找到一个我可以投奔的人呢。我知道大家都讨厌我。我也知道没人关心我的死活。"

他皱起了眉头。但是他皱眉不是因为生气。

"我们把事情弄糟了，是不是？"

"你还想跟我离婚吗？我想我不会在乎了。"

"你必须明白，我之所以带你来这儿，就是因为已经原谅了你的过错。"

"我不明白。要知道，我还没有认真检讨自己的不贞呢。我们离开这儿以后该怎么办？我们是否继续生活在一起？"

"唉，难道我们不能顺其自然吗？"

他的声音显得极度疲倦。

58

过了两三天,沃丁顿把凯蒂从修道院里接了出来(她因为闲不住,立即就回修道院工作了),并按照许诺,带她去家里和他的情妇一起品茶。凯蒂曾不止一次在沃丁顿家吃过饭。那是一座过分炫耀的正方形的白房子,正如海关在中国各地为其官员们所建的房屋一样。餐厅和客厅内都配备了结实整洁的家具,显得既像办公室又像旅馆,就是没有住家的样子,你不难理解,这些房子不过就是其相继的主人们偶然驻足的地方而已。你绝不会想到在它的楼上会掩藏着什么神秘的,或许竟是浪漫的事情。他们上了一层楼,沃丁顿推开了一扇门。凯蒂走进了一间大屋子,没有什么装饰,用石灰水粉刷的墙壁上悬挂着各种书法卷轴。在一个方桌后面的硬木扶手椅(桌椅都是用精雕细刻的黑檀木制作的)上端坐着那位满族女人。当凯蒂和沃丁顿进来时,她站了起来,但是并未上前迎接客人。

"这就是她。"沃丁顿说,又说了几句中国话。凯蒂跟女人握了握手。她身材苗条,穿着长绣裙,个头儿比见惯了南方女人的凯蒂预期的要高些。她上穿一件浅绿色的丝绸短褂,袖口很紧,遮过了手腕。精心梳理的黑发上佩戴着满族女人的头饰。她的脸上敷了粉,两颊从眼至嘴涂了很浓的胭脂;她的眉毛拔成了一道细细的黑线,嘴唇鲜红;在这张酷似面具的脸上,一对乌黑、微斜的大眼睛熠熠生辉,犹如两池液晶。她更像是一尊肖像而不是真人。她的动作缓慢而自信。凯蒂得到的印象是,她既有一点儿腼腆,又十分好奇。当沃丁顿向她介绍凯蒂时,她望着凯蒂,不时地点点头。凯蒂注意到了她的手,那是一双异常修长、纤细、白如象牙的手,精美的指甲上涂了蔻丹。凯蒂觉得从未见过如此柔软优雅的美手,它们透露出一个民族的年深岁久的文明与教养。

她说话不多,嗓音偏尖,像果园里的鸟叫。沃丁顿替她翻译,说她很高兴见到凯蒂,问凯蒂多大了,有几个孩子。他们坐在方桌边的三张直背靠椅上,侍者端上来几碗茶,水色浅淡,散发着茉莉的香气。满族女人把装在一个绿色烟听里的"三炮台"香烟递给了凯蒂。除去桌椅,屋里的家具不多。一张宽大的床上有一个刺绣的头靠和两个檀香木的箱子。

"她一个人整天都干什么?"凯蒂问。

"她画一点儿画,有时写写诗。但多半是坐着。她吸鸦片,但不多,幸亏如此,因为我的一项职责就是禁止鸦片买卖。"

"你吸吗?"凯蒂问。

"很少。说实话,我更喜欢威士忌。"

屋里微微有些刺激的气味,并不难闻,却很独特和富于异国情调。

"请告诉她,我很抱歉不能和她说话,我相信我们有很多事情可以彼此交谈。"

这话给满族女人翻译过去之后,她迅速地瞥了凯蒂一眼,目光里含着一丝笑意。她没有丝毫腼腆,服饰华丽,正襟危坐,令人陡生敬意;浓妆艳抹的脸盘上,一对大眼睛顾盼自若,显得审慎自重,深不可测。她像是一幅画,显得不太真实,但温文尔雅,令凯蒂自惭形秽。命运将凯蒂抛到了中国,但她对这个国家除了草率的、多少带着轻蔑的关注之外,完全是漠不关心的。她周围的人也莫不如此。现在,她似乎突然受到了某种遥远而又神秘的暗示,意识到这就是东方,古老、神秘、高深莫测。从这个近乎完美的尤物身上,凯蒂获得了即兴的顿悟,即西方的信念和理想与东方的理想和信念相比较,显得简单和粗糙。这里的人们过着完全不同的生活,生活在完全不同的境界里。凯蒂奇怪地感觉到,眼前这尊叹为观止的肖像,连同她那张化了妆的脸和匕斜审慎的双眼,使自己所熟悉的日常世界里的种种努力和烦恼都变得近乎荒唐了。那副浓妆艳抹的面具里,似乎隐藏着丰富、深邃、意味深长的阅历的秘密;那双十指尖尖的纤纤素手,则掌握着破解人世间种种谜团的关键。

"她整天都想些什么?"凯蒂问。

"什么都不想。"沃丁顿笑了。

"她真是妙不可言。请告诉她,我从没见过这么漂亮的手。我不知道,她究竟看上了你的什么。"

沃丁顿笑着翻译了这个问题。

"她说我是好人。"

"好像一个女人爱上一个男人总是因为男人有道德似的。"凯蒂嘲讽道。

满族女人只笑了一次。那是当凯蒂为了寻找话题而夸赞她戴着的一只玉手镯时。她把手镯褪了下来,凯蒂试图戴上它,却发现,尽管她的手已经够小的了,却戴不进去。那时,满族女人迸发出了孩子般的笑声。她对沃丁顿说了句什么,并叫阿妈进来。她对阿妈作了指示,一会儿,阿妈拿进来一双非常漂亮的满族鞋子。

"如果你能穿的话,她想把这双鞋送给你。"沃丁顿说,"你会发现人家做的拖鞋,穿着非常舒服。"

"我穿着正合适。"凯蒂说,十分满意。但是她注意到了沃丁顿脸上的调皮的笑容。

"她觉得它们太大吗?"凯蒂随即问道。

"大出好几英里去。"

凯蒂大笑。沃丁顿翻译了,满族女人和阿妈也大笑起来。

稍后,当凯蒂和沃丁顿一起上山时,她友善地笑着对他说:

"你从没告诉过我你非常爱她。"

"你怎么知道我爱她?"

"我从你眼神里看出来的。真奇怪,那一定像是在爱一个幻影或一个梦吧。男人真是不好理解。我原以为你跟别人没什么两样,现在我觉得,我根本不了解你。"

快走到那座平房时,他突然问她:

"你为什么想见她?"

凯蒂沉吟了片刻才回答:

"我一直在寻找一样东西,却又不太清楚它到底是什么。但是我知道,弄清它对我来说非常重要,而且一旦我弄清楚了,那么一切就会大不相同了。也许,那些修女们知道它。当我跟她们在一起时,我觉得她们掌握着一个秘密,却不愿意与我分享。我也不知道我为什么会产生这样的念头,即如果我能够见到这个满族女人,我就会得到我所要寻找的某种启示。如果她知道的话,她大概会告诉我的。"

"是什么让你觉得她知道呢?"

凯蒂从侧面瞥了他一眼,但没有回答。相反,她问了他一个问题。

"你知道吗?"

他笑了,并耸了耸肩膀。

"那就是道吧。有人在鸦片里寻道,有人则求教于上帝,有人在威士忌里寻找,还有人求助于爱情。凡此种种,追寻的都是同样的道,而道则通向虚无。"

59

凯蒂重新回到令她心情舒畅的工作日程中去了,虽然清晨的感觉远非最佳,但她的兴致足以使她的心境不受干扰。她惊讶地发现,修女们对她充满了兴趣:以前她在走廊上碰到她们时,她们顶多道个早安,现在则以莫名其妙的各种借口进入她工作的房间来看望她,并聊上几句,显得既亲热又有些孩子气的激动。圣约瑟修女翻来覆去地向她唠叨几天来她在私下里叨咕的那些话(有时弄得她心烦),诸如"哎,我觉得奇怪……",或者"我不应该感到意外……",以及,当凯蒂晕倒时的"毫无疑问,一眼就能看出来……",云云。她给凯蒂讲她嫂子坐月子的冗长的故事,要不是凯蒂具有敏锐的幽默感,势必会引起不小的担忧。圣约瑟修女在一种令人愉快的叙述方式里,把她故乡的真实景色(一条从她父亲农场的草地上蜿蜒流过的河流,以及河岸上立着的、在微风中窸窣抖动的那些白杨树)和对宗教事物的痴迷情感结合在一起。一天,她对凯蒂讲起了天使传报的故事①,因为她确信,像凯蒂这样的异教徒,对这类事情是一无所

---

① 天使加百列向圣母马利亚报喜,说她已怀孕,并将成为圣子耶稣的母亲(见《圣经·路加福音》第 1 章第 26—39 节)。这一天(3 月 25 日)即被称为圣母领报节,亦称报喜节。

知的。

"我在读到圣经中的这些段落时总要流泪。"她说,"我不知道为什么,但是它给了我一种异样的感觉。"

然后她用法语,以凯蒂感到陌生的词句和略显平淡的语调,一字不差地引述道:

"天使来到她的面前,说,愿你平安,主跟你同在,大大降福给你。"

生育的神秘感传遍了修道院,就像一阵风在果园的白花之间吹过。得知凯蒂怀孕的消息后,这些无缘生育的女人们便乱了方寸,感到十分兴奋。现在,她们既为她担惊受怕,又对她十分着迷。她们以粗鲁的眼光看待她体态的变化,因为她们都是农夫和渔民的女儿,但是在她们天真的内心里却充满了敬畏。她们为她的大肚子感到不安,又十分高兴和异常地激动。圣约瑟修女告诉她,大家都在为她祈祷;圣马丁修女则说,真可惜她不是天主教徒。院长责备了圣马丁修女。她说即便是新教徒,也可能是一个好女人——一个勇敢的女人,她是这么说的——仁慈的上帝,会以各种方式安排好一切的。

凯蒂对于这种由她引发的兴趣,既感动,又觉得挺有意思。但是令她惊讶的是,她发现甚至连院长这样严厉的圣徒,也以难得一见的殷勤对待她了。院长对她一向很好,但毕竟有些居高临下,而现在,院长在吩咐她的时候则带上了某种母性的温柔。她的声音里有了新的温和的语调,眼睛里闪动着意外的欢快的神采,仿佛凯蒂是一个孩子,做了什么聪明逗乐的事情似的。这真令人感动。院长的心灵就像一片灰暗宁静、庄严起伏的大海,那一望无际的灰暗令人敬畏,然而突然间,一道阳光便使它变得活跃、亲切和色彩鲜艳了。现在她经常在傍晚过来,陪凯蒂坐上一会儿。

"我必须注意别让你累着,我的孩子①,"她说,并为自己找了个明显的借口,"要不然费恩大夫将不会原谅我。唉,他那种英国式的自我克制!他其实高兴得要命,可你一跟他提这件事,他的表情就收敛了。"

她抓过凯蒂的手,深情地抚摸着。

"费恩大夫告诉我,他希望你离开这儿,可是你不愿意,因为你舍不得离开我们。谢谢你,亲爱的孩子,我要告诉你,我们非常感谢你对我们的帮助。不过我想,你肯定也不愿意离开他,所以留下来更好,因为你的位置是在他的身边,并且他也需要你。呵,如果没有像他这样的令人钦佩的人,我不知道我们该怎么办。"

"非常高兴他能对你们有所帮助。"凯蒂说。

"你必须全心全意地爱他,亲爱的。他是圣人。"

凯蒂笑了,可是心里却在叹息。现在她可以为沃尔特做的,就只有一件事,而她却不知道如何去做。她希望他能原谅她,并不是为了她,而是为他自己,因为她觉得,只有这样才能使他的内心宁静下来。然而,这样求他原谅是很难奏效的,并且一旦他怀疑她这么做是为了他好,而不是为了她自己,他的顽固的虚荣心会让他不惜一切代价地加以拒绝(很奇怪,现在他的虚荣心并没有激怒她,却似乎是理所当然的,而且只能让她觉得更对不起他)。唯一的机会,就是某种意外事件的发生,有可能会使他放松了戒备。她曾经想,或许可以用增强的感情来打动他,从而使他从怨恨的梦魇中解脱出来。但是,由于他那讨厌的憨直倔

---

① 原文是法语。

强,当这样做引发了他的强烈反感时,他可能会极力对抗的。

　　人们在一个充满痛苦的世界上逗留的时间如此之短,却要如此这般地折磨自己,难道不可怜吗?

60

虽然院长跟凯蒂交谈的次数不超过三四次,而且有一两次只谈了十分钟左右,但她给凯蒂留下的印象却非常深刻。她的性格就像是一片荒郊野外,初来乍到,你觉得它很大,却十分荒凉,可是不久你就会发现,在崇山峻岭间的果树丛中,以及缓缓流过丰茂草地的清澈的河流附近,散落着一些可爱的小村庄。然而,尽管这些宜人的景象令你感到惊讶,甚至给了你安慰,却不能使你在这片黄土高坡、强风侵袭的土地上感到家的温暖。你不可能同院长十分亲密。她的身上有着某种不近人情的东西,这一点,凯蒂在其他修女们的身上,甚至在为人随和、喜欢说笑的圣约瑟修女身上,也都感觉到了。但是在院长的身上,它是一道几乎可以触摸的屏障,使你产生一种冷漠、敬畏的奇特感觉。她可以和你一样同在人间往来,参与世事,却显然生活在一个你无法企及的层面上。有一次她对凯蒂说:

"一个修女做到不断地在耶稣面前祈祷是不够的,她本人就应该是一个自觉的祈祷者。"

虽然她的谈话总是夹杂着宗教内容,但凯蒂觉得这在她是自然而然的事,并非是想对异教徒施加影响。院长深具博爱的观念,让她感到奇怪的是,院长竟然听任凯蒂处于罪过的愚昧状态而无动于衷。

一天傍晚,她们两个人又坐在一起了。那时,天短了,傍晚时分的柔和光线既惬意,又有些感伤。院长显得很疲惫。她的伤感的脸苍白而又憔悴,好看的黑眼睛里失去了平日的光彩。大概,她的疲劳促使她进入了少见的推心置腹的心境。

"对我来说,今天是一个值得纪念的日子,我的孩子。"经过很长时间的沉思后,她说,"这是一个重要日子的周年纪念,在那天我终于做出了皈依宗教的决定。我思考了两年的时间,对这个召唤怀有疑虑,因为害怕自己会因屈服而重归俗世。然而那天在领取圣餐时,我立下了誓约,一定要在天黑之前向我亲爱的母亲宣布我的愿望。领取了圣餐之后,我请求上帝赐给我心灵的安宁:'只要你不再渴望它,'我似乎听到了回答,'你就会得到它。'"

院长似乎沉浸在往事的回忆里。

"那天,我们的一位朋友,德维尔诺特太太没有告诉任何亲人,就离家前往卡梅尔①了。她知道他们会反对她前往,但她是一位寡妇,因此她认为自己有权根据自己的选择行事。我的一位堂姐去跟这位可爱的亡命天涯的人道别,直到傍晚才回来。她深受感动。我没有跟母亲说什么,想到要把心里的话告诉她我就发抖,但是我还是打算信守自己在领取圣餐时所做的决定。我向我那位堂姐问了各种各样的问题。我的母亲好像是在专心一意地编织花毯,其实我的话她一个字也没落下。我一边说话,一边告诫自己:如果我今天想说,那就

---

① 卡梅尔,似指圣经中提到的卡梅尔山——以色列境内俯瞰地中海的沿岸山脉。卡梅尔在希伯来语中的词义是"上帝的活动领域"。

一分钟也不要耽搁。

"真奇怪,当时的场景我记忆犹新。我们围着桌子坐着,一张铺着红布的圆桌,我们在遮着绿罩子的灯下做着活儿。我的两位堂姐跟我们在一起,大家一起编织花毯,那是用来给客厅的椅子更换新椅面的。难以想象,那些椅子自从购买于路易十四时代以来就没有更换过椅面,早已褪尽颜色,破旧不堪了。我母亲说这十分丢脸。

"我几次试图张口,但是嘴张不开。经过几分钟的沉默之后,我母亲突然对我说:'我实在不能理解你们那位朋友的行为。我不同意像她那样对自己所爱的人一个字都不说就离家出走。这是在做戏,使我感到厌恶。一个有良好教养的女人绝不会做这种惹人非议的事。我希望,如果你日后想要离开,而使我们痛苦不堪的话,你不会像犯罪似的悄悄溜走。'

"该是我表白的时候了。可是由于我的软弱,我只能说:'嗯,请你放心,妈妈,我没有那样的勇气。'

"母亲没有回答,而我却感到后悔,因为我没敢说出自己的想法。我好像听见了上帝对圣彼得说的话:'彼得,你爱我吗?'呵,我是多么软弱,多么忘恩负义呀!我舍不得丢下现有的优裕和舒适,我留恋我的生活方式、我的家庭和我的娱乐消遣。我深感内疚,不知如何是好。不一会儿,就好像谈话从未中断过,我的母亲对我说:'我依然认为,我的奥黛特,你这辈子肯定要干出某种自讨苦吃的事情的。'

"我仍然沉浸在忧虑和反省之中,而我的那两位堂姐,根本不知道我心急如焚,还在安静地做着手中的活计。突然,母亲紧紧地盯着我,连花毯掉在地上都不管。她说:'呵,我亲爱的孩子,我非常清楚,你最终会成为一名修女。'

"'你真这么认为吗,我的好妈妈?'我回答,'你说出了我内心深处的想法和愿望。'

"'确实如此①。'那两位堂姐不等我说完就喊起来,'两年来奥黛特除了这个什么都不想。可是你不能答应,我的姑妈②,你千万别答应她。'

"'亲爱的孩子们,如果这是上帝的愿望,'我母亲说,'我们有什么权力拒绝呢?'

"那时,我那两位堂姐想开个玩笑,就问我打算如何处理我的那些零碎东西,并高兴地吵了起来,说谁应该得到这个,谁应该得到那个。但是这最初的欢快只延续了很短一会儿,然后我们就哭了起来。一会儿,我们就听见父亲上楼的脚步声。"

院长停顿了片刻,并叹了口气。

"这让我的父亲很难接受,因为我是他唯一的女儿,并且男人对女儿的感情往往比对儿子的更深。"

"人皆有心,真是莫大的不幸。"凯蒂笑着说。

"为了对耶稣基督的爱而奉献此心,实在是莫大的荣幸。"

这时,一个小女孩来到院长跟前,把一个不知如何弄到手的奇特的玩具拿给嬷嬷看,并确信能引起嬷嬷的兴趣。院长用她的漂亮柔软的手搂住了女孩的肩膀,女孩依偎在她的怀里。看着她那慈爱却又淡漠的笑容,凯蒂深受感动。

"嬷嬷,看到这些孤儿对你那么崇拜,真让人羡慕。"她说,"我想,如果我能让她们真心地爱我,我会感到非常骄傲的。"

院长再次对她露出了淡然却又美丽的微笑。

---

①② 原文是法语。

"只有一个办法可以赢得人心,那就是爱别人,从而也为别人所爱。"

61

那天晚上沃尔特没有回来吃饭。凯蒂等了他一会儿,因为他如果在城里有事耽搁了,总会设法捎话给她。但最后她还是在桌旁坐了下来。中国厨子为了尽责,尽管瘟疫猖獗和供应困难,依然一成不变地为她准备了许多道菜。凯蒂仅仅象征性地吃了一些,然后便靠在敞开的窗户旁边的长藤椅上,沉浸到窗外美丽的、星光闪耀的夜色中去了。寂静令她感到安宁。

她不想看书。种种思绪浮上了心头,就像是倒映在平静的湖水中的朵朵白云。她实在太累了,无法抓住某个思绪并全神贯注地理出头绪来。跟修女们的谈话,给她留下了各种各样的印象,她在朦胧之中想要弄清楚从中都得到了些什么。十分奇怪,虽然修女们的生活方式深深地感动了她,但是使她们如此生活的信仰却让她无动于衷。她无法想象今后她会被那种热忱的信仰所吸引。她轻叹了一声:如果那道伟大的白光照亮了自己的灵魂,也许一切都会变得容易些吧。有一两次,她曾经想把她的烦恼及其原因告诉院长,但是到底没敢那么做:她无法忍受这个严肃的女人对她有任何不好的想法。在院长看来,她曾经做过的那些事,显然都是无法容忍的罪过。奇怪的是,她自己并不将其视为邪恶,而仅看作是愚蠢和丢脸的行为而已。

或许是她生性愚钝,把自己同汤森的关系看成是令人遗憾、甚至是令人震惊的事,但是却无须悔恨,只要忘掉就行了。这就像是在社交聚会上说了一句蠢话,后悔已经来不及了,固然极为丢脸,但也无需小题大做。当她想到查利那衣冠楚楚的伟岸身躯、微敛的下巴,和挺起胸膛以掩盖隆起的腹部的站姿时,不禁哆嗦了一下。他红润的脸膛上的毛细血管能迅速地充血形成网络,表明了他的多血质的气质。她曾经偏爱过他的浓眉,现在却感到那是某种兽类的可憎的东西。

那么将来呢?奇怪的是,她对此竟然毫不关心。她根本就没有仔细想过。说不定孩子一生下来,她就死了。她的妹妹多丽斯比她强壮得多,却也差点儿死去。(多丽斯尽了她的责任,生下了一个新的准男爵爵位的继承人。想到母亲如何称心如意,凯蒂笑了。)如果将来是如此地模糊,那大概就意味着她命中注定看不到它了。沃尔特大概会请求她的母亲帮助照顾孩子——如果孩子能活下来的话。她对他非常了解,尽管他的父亲身份并不明确,但她可以肯定,他会慈爱地对待孩子。在任何情况下,沃尔特都是可以信赖的,他的表现将无可挑剔。令人遗憾的是,尽管他品德好、无私、受人尊重、聪明且明白事理,但就是不讨人喜欢。现在她一点也不怕他了,只觉得对不起他,与此同时,她又不能不觉得他有点蠢。深挚的感情使他变得十分脆弱,她有一种感觉,在某个时候,通过某种方式,她可以利用这一点,使他原谅自己。现在,萦绕在她心头的想法就是尽快让他平静下来,只有这样才能减轻她给他带来的极度痛苦。可惜他太不具备幽默感了。她能预见到有朝一日,当他们想起今天的这些自我折磨时,一定会失声大笑的。

她累了。她拿着灯走进了自己的房间,解衣就寝。躺下不久便睡着了。

62

但是,一阵很响的敲门声把她吵醒了。起初,因为这响动与梦境混杂在一起,她一时无法辨明它的真实性。敲门声持续不断,她才意识到,声音应该是从院子的大门那儿传来的。夜色很黑。她的表有磷光指针,可以看清时间是两点半。一定是沃尔特回来了——真够晚的——也许是他没能叫醒佣人吧。敲门声持续不断,越来越响,在深夜的寂静之中,这实在是不小的惊扰。敲门声停了,她听见沉重的门栓被拉开了。沃尔特从未回来得这么晚过。可怜的人,他一定累坏了!她希望他能够理智些,直接上床睡觉,而不是像往常一样去他的那间实验室继续工作。

传来了说话的声音,一些人进了院子。事情有些蹊跷,平常沃尔特回来晚了,为了不惊动她,总是小心翼翼地不弄出声响来。有两三个人快速地跑上木楼梯,进了隔壁的房间。凯蒂有些害怕。在她的潜意识里一直对排斥外国人的骚乱有所恐惧。难道发生什么事了吗?她的心跳开始加快了。她还没来得及从模糊的恐惧中清醒过来,就有人从隔壁的房间走近她的寝室,并敲响了她的房门。

"费恩太太。"

她听出是沃丁顿的声音。

"哎。什么事？"

"请你赶快起来，我有事要告诉你。"

她起来并穿上了晨衣，然后开锁把门打开。她劈面见到的是穿着中式裤子和府绸上衣的沃丁顿，提着一盏防风灯的佣人，和稍微靠后、身穿卡其布军装的三名中国士兵。看见沃丁顿脸上惊惶的神色，她大吃一惊。他的头发蓬乱，好像刚从床上跳下来似的。

"出什么事啦？"她倒吸一口凉气。

"你必须镇静。一点儿时间都不能耽搁。马上穿上衣裳跟我走。"

"可是到底怎么啦？城里出事啦？"

士兵们在场使她立刻想到发生了暴乱，他们是来保护她的。

"你丈夫得病了。我们希望你马上过去。"

"沃尔特？"她惊呼。

"你千万别慌。到底怎么了我还不是十分清楚。余团长派这位官员来找我，要我马上带你去衙门。"

凯蒂注视了他一会儿，感到心里一阵发冷，随即转过身去。

"我两分钟就好。"

"我衣裳都没顾上换就来了。"他回答，"我正睡着呢，赶紧披上一件外衣，蹬上鞋就来了。"

她没听见他说什么。她借着星光，就手拿出一件衣裳来穿上。她的手指突然变得不灵便了，似乎费了很长时间才摸索着把那些小扣子扣上。她用一条晚间披戴的广东披肩裹住了肩膀。

"我没戴帽子。不必了吧？"

"不必了。"

佣人提着灯走在他们前头。他们匆匆下楼,走出了院子。

"小心别摔倒。"沃丁顿说,"你最好挽着我的胳膊。"

士兵们紧随在他们的身后。

"余团长备了轿子,在河对岸等着呢。"

他们快速下山。凯蒂的嘴唇抖得厉害,嗫嚅着无法说出想问的问题。她非常担心那个回答。他们来到了河边,一条舢板船头亮着一线灯光,正在那里等着他们。

"是霍乱吗?"这时她问。

"恐怕是的。"

她轻声哭了起来,但马上就止住了。

"我觉得你应该尽快赶过去。"

他扶着她上了船。河道很窄,河水几乎静止不动。他们聚成一堆站在船头上,一个女人把孩子绑在后腰上,摇着橹,把船渡到对岸去。

"他是今天下午发的病,应该说是昨天下午了。"沃丁顿说。

"为什么没有立即叫我?"

他们说话的声音很小,虽然无须如此。在黑暗之中,凯蒂只能感觉到她的同伴的极度焦虑。

"余团长想叫你,但他不让。余团长一直跟他在一起。"

"他还是应该派人来叫我。这太无情了。"

"你丈夫知道你从没见过霍乱病人。那样子非常可怕和令人厌憎。他不想让你看见这些。"

"他毕竟是我的丈夫。"她哽咽着说。

沃丁顿没有回答。

"为什么现在又允许我去了呢?"

沃丁顿把手放在她的胳膊上。

"我亲爱的,你必须非常勇敢。你必须做好最坏的准备。"

她痛苦地哀号了一声,并稍微扭过身去,因为她看见那三个中国士兵正在注视着她。刹那间,她奇怪地瞥见了他们的眼白。

"他要死了吗?"

"我只是从派来接我的这位官员那儿,听到了余团长要他传达的口信。据我的判断,已经出现虚脱了。"

"一点儿希望都没有了吗?"

"我非常抱歉。我担心如果我们不能尽快赶到那儿,将不能在他生前见上一面了。"

她浑身战栗。眼泪开始涌出来,滚落到脸颊上。

"你也知道,他过度操劳,他已经失去了抵抗力。"

她气呼呼地从他紧搂着的胳膊里挣脱出来。他用压低的悲痛的声音说话,使她感到十分恼怒。

他们抵达了对岸,两个中国苦力站在岸上,搀扶他们上了岸。轿子已经等在那儿。她上了自己的轿子,沃丁顿对她说:

"请尽量保持冷静。你要全力控制住自己。"

"告诉轿夫走快些。"

"他们已经接到命令,以最快的速度赶到。"

那位官员已经上了轿子,在经过凯蒂身边时,他大声催促凯蒂的轿夫赶紧上路。轿夫们轻巧地起轿,将轿杠扛上肩,然后迅即启程。沃丁顿的轿子紧随其后。他们跑着上山,每个轿子前头都有一个人提着灯引路。在水闸前,守闸人举着火把守在那儿。当他们一行接近时,那位官员朝守闸人大喊,守闸人猛力推开一扇门,让他们过去。当他们通过时,守闸人发出一声喊,轿夫们则呼喊着回应。那种用陌生语言发出的粗嘎的声音,在这死寂的夜晚,显得神秘而又惊心动魄。他们在圆石铺设的又湿又滑的巷街上打着滑前进,官员的轿夫中有人跌倒了。凯蒂听见了官员由于愤怒而提高的声音,以及轿夫的尖厉的反驳声,然后,前面的轿子再次飞快地跑了起来。街道狭窄而曲折。此时的城市已经是深更半夜了。这是一座死城。他们沿着小巷疾走,转过一个街角,又跑着登上一段台阶。轿夫们开始发出沉重的喘息声,他们默默地,大步、快速地迈进。一个轿夫掏出一块破旧的手巾,一边走一边擦去不断地从额头上流进眼睛里的汗水。他们蜿蜒地穿过迷宫一般的一条条街道。有时,在关闭的店铺的黑影里,能够看见有人躺在那儿。你不知道那是一个睡着的、拂晓尚能起身的活人,还是一个躺在那儿再也起不来了的尸体。幽灵一般的狭窄街道上寂静无声、空空荡荡,突然,一条狗狂吠起来,使凯蒂那饱受折磨的神经受到一阵恐怖的惊吓。她不知道他们究竟要去什么地方。路似乎没有尽头。他们能否走得再快些?快些,更快些。时间不等人,任何瞬间都有可能成为那无可挽回的一刻。

63

他们顺着长长的、空白的墙壁往前走,突然来到一个设有岗亭的大门口。轿夫们放下了轿子。沃丁顿赶快来到凯蒂跟前。凯蒂已经跳下轿子。那位官员重重地敲门并高声喊叫。一扇边门打开了,他们进到院子里。院子很大,四四方方。突出的屋檐下,士兵们靠着墙,裹着毯子躺成一堆。他们在此稍候,等那位官员跟一位可能是值班军士的人交涉。官员转过身来跟沃丁顿说了些什么。

"他还活着。"沃丁顿低声说,"小心脚底下。"

仍然由掌灯人引路,他们一行穿过院子,上了几级台阶,通过一道大门,然后下来,进入另一个院子。院子的一侧是一个亮着灯的长厅,厅内的灯光照亮了窗纸,映衬出复杂的窗格。掌灯人领着他们穿过院子,来到厅门口,官员上前敲门。门立刻开了,官员看了凯蒂一眼,退到一边去。

"请进。"沃丁顿说。

这间屋子又长又低,几盏冒着黑烟的煤油灯,使屋内朦胧的昏暗显得不祥。屋里站着三四位勤务兵。门的对面,贴着墙壁放着一张简陋的小床,一个人盖着毯子,蜷缩着躺在床上。一位军官一动不动地站在床头。

凯蒂赶快走了过去，在床边俯下身来。沃尔特闭着眼睛躺着，在昏暗的灯光下，他的脸呈现出死人一般的灰色。他静止不动，十分可怕。

"沃尔特，沃尔特。"她气喘吁吁地叫着，声音很低，透着恐惧。

他的身体微微动了一下，或者似乎有了动的迹象，动作是那样微弱，就像是一丝不知不觉在一瞬间吹皱了平静水面的微风一样。

"沃尔特，沃尔特，跟我说话。"

他的眼睛慢慢地睁开了，抬起那沉重的眼睑似乎要付出无穷的努力。但是他并没有看她，他凝视着离他的脸仅有几寸的墙壁。他说话了，低而弱的声音里似有一丝笑意。

"这个鱼缸真漂亮。"他说。

凯蒂不敢喘息。他没有再做声，也没有动作。他的眼睛，那双黑色的、冷漠的眼睛（现在看到什么神秘的东西了吗？）正盯着面前的白墙。凯蒂站了起来，目光憔悴地望着站在身边的那个人。

"肯定能采取什么措施。你们总不能站在这儿，什么都不做吧？"

她紧握双手。沃丁顿跟站在床头的那位军官交谈了几句。

"恐怕他们已经做了所能做的一切。团里的军医已经做了治疗。你丈夫培训过他，你丈夫所能做的，他已经全都做了。"

"那位就是军医吗？"

"不是，那是余团长。他从没离开过你的丈夫。"

凯蒂心烦意乱地瞥了那人一眼。他的个子较高，很粗壮，穿着不太合身的卡其布军装。他正望着沃尔特，她看见他的眼里噙着泪水。她心头一震。为什么这个黄皮肤、扁平脸的男人要流眼泪？这激怒了她。

"什么都不做,这也太残忍了。"

"至少他不再感到痛苦了。"沃丁顿说。

她再次朝丈夫俯下身去。他那双死人一般的眼睛仍旧茫然地凝视着前面。她不知道他是否看得见,也不知道他能否听见她说的话。她把嘴凑近了他的耳朵。

"沃尔特,我们能做些什么？"

她觉得一定有某种药物,他们可以给他服用以挽回他垂危的生命。现在,她的眼睛渐渐习惯了昏暗,她惊恐地看到,他的脸已经塌陷了。她几乎认不出他来了。无法想象,就在短短的几个小时之内,他就变成了另一个人。他几乎根本没有人样了。看上去就是个死人。

她觉得他努力想要说话,就把耳朵凑了过去。

"别大惊小怪的。我走了一段难走的路,但现在没事了。"

凯蒂等了一会儿,可是他不说了。见他一动不动,凯蒂感到撕心的痛苦。令人恐惧的是,他竟然纹丝不动地躺着,好像已经摆好了准备躺到坟墓中去的僵硬姿势。一个人——可能是军医或是军医助手——走了过来,并示意凯蒂让开。他朝垂死之人俯下身去,并拿一块脏布润湿了他的嘴唇。凯蒂再次站直了,绝望地朝沃丁顿转过身去。

"一点儿希望都没有了吗？"她小声问。

他摇了摇头。

"他还能活多久？"

"谁也说不准。大概一小时吧。"

凯蒂环顾这间空荡荡的大厅,然后把目光停留在余团长结实的身躯上。

"可否让我单独跟他待一会儿?"她问,"只需一分钟。"

"当然可以,只要你愿意。"

沃丁顿走过去跟团长说了。团长点了点头,然后低声下了命令。

"我们就等在台阶那儿,"大家往外走时,沃丁顿说,"到时候你叫我们。"

这时,一个难以置信的念头占据了她的意识,就像是药物流过了她的血脉一样,她意识到沃尔特就要死了。她只有一个念头,就是要把伤害他至深的积怨从他的灵魂中抽走,让他死得轻松一些。她觉得,如果他死的时候能够宽恕她,那么他自己也将得到安宁。她现在并非为自己着想,而完全是为了他。

"沃尔特,我恳求你宽恕我,"她弯下身去对他说。担心他难以承受重压,她小心地不去碰他,"我为自己对你犯下的过错感到非常难过。我后悔极了。"

他什么都没说。他好像听不见。她强迫自己说下去。她奇怪地觉得,他的灵魂像一只扇动着翅膀的蛾子,它的翅膀由于憎恨而变得沉重。

"亲爱的。"

他苍白凹陷的脸上闪过了一道影子,似动而非动,却让人觉得是一阵可怕的抽搐。她过去从未对他使用过这个称呼。也许在他将死的头脑里闪过了一丝思维——困惑而又难以理解——他只听她对狗、婴儿和汽车使用过这个词——那是她的惯用词汇中的一个普通词汇而已。然后,可怕的事情发生了。她紧握着双手,竭力控制住自己的情绪,因为她看见两滴眼泪缓慢地流过了他消瘦的面颊。

"呵,我的心肝,我亲爱的,如果你爱过我——我知道你爱过我,是我太可恨——我求你原谅我。现在我已经没有机会表示我的后悔了。怜悯我吧。我恳求你的宽恕。"

她停住了,看着他,屏住呼吸,焦急地等他回应。她看出他想要说话。她的心猛烈地跳动起来。她觉得,如果在这最后的时刻,她能够帮助他从痛苦的重压下解脱出来,那将是对她给他造成的折磨的一种补偿。他的嘴唇动了动。他没有看她。他的眼睛视而不见地盯着白墙。她向他探过身去,以便能听得清楚些。可是他说得相当清楚。

"那条狗却死了。"

她呆立不动,仿佛变成了石头。她不懂这话的意思,极度困惑地盯着他。这根本没有意思,是在说胡话。他根本没有听懂她的话。

活着的人不可能这样一动不动。她仔细观察,他的眼睛是睁着的。她无法判断他是否在呼吸。她开始害怕了。

"沃尔特,"她小声叫,"沃尔特。"

最后,她一下子站了起来。突然的恐惧攫住了她。她转身朝门口走去。

"请你们过来,他好像不……"

他们进了屋。中国军医走到床边。他手里拿着手电筒。他打开手电观察沃尔特的眼睛,然后他把它们阖上了。他用中国话说了句什么。沃丁顿搂住了凯蒂。

"恐怕他已经死了。"

凯蒂深深地叹了一口气,几滴眼泪滚落下来。她与其说是吓坏了,不如说是感到茫然。中国人围着床站着,一筹莫展,好像不知道下一步该怎么办似的。沃丁顿沉默不语。过了一分钟,中国人才开始交头接耳地低声谈起话来。

"你最好跟我一起回平房去,"沃丁顿说,"他将被送到那儿。"

凯蒂疲倦地用手按了按前额。她走到小床边上,俯下身去。她轻轻地吻了吻沃尔特的嘴唇。这时她已经不哭了。

"对不起,我给你们带来这么多麻烦。"

她走过时,军官们都向她敬礼,她则庄重地鞠躬回礼。他们俩穿过院子返回到大门口,上了轿子。她看见沃丁顿点燃了一支烟。一缕轻烟消散在空中,那就是人的生命。

64

天已破晓,随处可见中国人在取下店铺的门板。在昏暗的店铺深处,可以看见女人借着蜡烛的微光在洗手洗脸。在街角的一个茶铺里,一群男人正在吃早点。即将到来的一天的灰白清冷的光线,像贼一样鬼鬼祟祟地在巷子里伸展着。河上笼罩着白雾,拥挤的帆船的桅杆隐在雾气里,像是幽灵军队所持的长矛。过河时,河上很冷,凯蒂蜷缩成一团,用那条彩色艳丽的披肩裹紧了身子。他们步行上山,来到雾霭之上。阳光从无云的天空照射下来。阳光普照,今天和别的日子似乎是一样的,好像并没有发生什么事情使今天与平日有所不同。

"你想躺会儿吗?"当他们回到平房后,沃丁顿问。

"不。我就在窗户那儿坐一坐。"

在过去的几个星期里,她经常长时间地坐在窗口,已经看惯了那座建在雄伟的城堡之上,寄托着她的心灵的神奇、斑斓、美丽而又神秘的庙宇了。它是那样地虚幻不真,即使是在正午一览无余的光线下,仍然能让她产生出脱离现实生活的感觉来。

"我去打发佣人泡茶。我想今天上午必须把他安葬了。我去安排。"

"谢谢你。"

65

三个小时之后,他们把他埋葬了。让凯蒂感到可怕的是,必须把他殓入中式棺材,那好像是一张陌生的床,他躺着一定会觉得不舒服的。但是,这实属无奈。修女们听说了沃尔特的死讯(城里发生的一切她们都能知道),差人送来了一个用大丽花扎成的十字架,扎得又紧又正规,不过像是出自熟练的花贩之手。这个十字架孤零零地放在中式的棺材上,显得十分荒诞和别扭。所有的人都到齐了,只差余团长,他已派人通知沃丁顿,说想要参加葬礼。终于,他带着一名副官来了。由六个苦力抬着棺材,他们一行来到了山上一块不大的坟地跟前,那儿埋葬着那位传教士,沃尔特就是来接替他的岗位的。沃丁顿在传教士的遗物中找到了一本英文祈祷书,这时他带着难得一见的羞怯,以低沉的声音念起了安葬祷词。也许,在复述那些庄严但又可怕的词句时,一个念头萦绕在他的心头:如果他成了这场瘟疫的下一个遇难者,那么,将不会有人来为他念祷词了。棺材被放进了坟墓,掘墓人开始往里填土。

一直在墓地旁脱帽肃立的余团长戴上了帽子,严肃地向凯蒂敬礼,并对沃丁顿说了一两句话,然后就在副官的跟随下离开了。苦力们散在周围,好奇地观看了基督徒的葬礼,这时也拖着扁担,三三两两地溜达着走了。凯蒂和沃丁顿一直等到坟墓填满,然后把修女们送来的扎得很紧的大丽花十字架放置在散发着新土气味的坟头上。她没有哭,但是当第一锹土砰地落到棺材上时,她感到心头一阵剧痛。

她见沃丁顿正等着她一起离开。

"你有急事吗?"她问,"我还不想回平房去。"

"我没什么事。我愿意陪着你。"

66

他们从容地沿着小路漫步,一直来到山顶上。那座为纪念某个寡妇而立的牌坊就矗立在那儿。在凯蒂对于此地的印象中,这座牌坊占着很大的比重。它是一个象征,但究竟象征什么,她却不太清楚。不知为什么,她觉得它具有一种讽刺的意味。

"咱们坐一会儿好吗?很久没来这儿坐坐了。"眼前的田野一望无际,在上午的阳光下显得宁静而安详,"我来这儿才几个星期,可是就像过了一辈子。"

沃丁顿没有回答。一时,她的思绪徜徉开来。她叹了口气。

"你认为灵魂真的不朽吗?"她问。

这个问题似乎并未令他惊讶。

"我怎么会知道?"

"刚才,他们为沃尔特擦洗,在把他放进棺材之前,我看了看他。他看上去非常年轻,令人无法相信他这么年轻就死了。你还记得你第一次带我出来时见到的那个乞丐吗?当时我感到恐惧,并不是因为他死了,而是因为他根本就不像人。他就是一个死了的动物。现在同样的事又发生在沃尔特身上了。他就像一部损坏了的、停止转动的机器一样。这才是令人恐怖的。如果这仅仅是一部机器,那么所有这些折磨、伤心和苦难就都是毫无意义的了。"

沃丁顿没有回答,可是他的目光却扫过了脚下的这片风景。在这个阳光明媚的上午,广阔的原野令人心旷神怡。一块块整齐的稻田延伸到了目力所及的远方,在许多稻田里,都有穿着蓝衣服的农民,正赶着水牛,在辛勤地耕作着。这是一副安详欢乐的景象。凯蒂打破了沉默。

"这段日子,我在修道院里看到的一切深深地感动了我,我不知道如何向你表达。那些修女真是太好了,她们让我觉得自己非常渺小。她们放弃了一切,她们的家,她们的祖国、爱情、孩子和自由,以及所有那些有时让我觉得更为难以割舍的小东西:花儿和草地、秋天的旅行、书和音乐,以及舒适安逸,她们放弃了所有的东西,放弃了一切。她们这样做,就是要献身于一种充满了牺牲、贫困、绝对服从、劳累和祈祷的生活。对她们所有的人来说,这个世界就是一个真正的名副其实的放逐之地。生活是她们甘愿背负的十字架,但是在她们的心里,时刻都存在着一个愿望——啊,它比愿望要强烈得多,是一种渴望,一种热望,一种对通向永生的死亡的热烈追求。"

凯蒂紧握着双手,痛苦地看着他。

"你怎么看?"

"假如根本就没有永生呢?想想,如果死亡实际上就是一切的结束,那将意味着什么呢?她们放弃了一切却一无所获。她们受骗了,她们都是些容易上当的人。"

沃丁顿沉思了片刻。

"我表示怀疑。她们所追求的仅仅是虚构的幻想,我怀疑它是否真有那么重要。其实,她们的生活本身就是美丽的。我有个想法,我们之所以能够尊重我们生活的这个世界而不感到失望,唯一的原因,就是人们能从一片混沌中不断地创造出美来。他们绘画、创作音乐、写书并开创生活。而在这一切当中,最为丰富的美就是美好的生活。那是完美的艺术杰作。"

凯蒂叹了口气。他说的似乎太深奥了。她希望得到进一步的解释。

"你听过交响乐吗?"他继续说。

"听过,"她笑了,"我不懂音乐,但是很喜欢听。"

"乐队的每个成员只演奏自己的小乐器,你以为他们都了解在空中徐徐展开的各种复杂的和声吗?其实每个成员只关心他自己的那一小部分,但是每个人都知道那支交响乐是美妙的,即便没有人在听,它仍然是美妙的,因此每个人都心满意足地演奏自己的那部分。"

"那天你说到了道,"停顿了片刻后,凯蒂说,"请告诉我什么是道。"

沃丁顿瞥了她一眼,犹豫了一会儿,然后,滑稽的脸上露出了一丝浅笑,回答道:

"道就是道路和行路者。它是供一切存在通行的永恒之路,但是它并不是某个存在的产物,因为它本来就一直存在着。它包罗万象又一无所有。它是万物之源,为万物所遵循,最终又是万物的归宿。它方而无角,声而无闻,有象而无形。它是一张巨网,网眼大如海,却无物可以穿过。它是收容万物的庇护所。它无迹可寻,但是你无须看窗外就能看见它。心无所求,是它的教诲。听任一切顺其自然,谦逊者得以扬名,俯身者终将挺立。失败乃成功之母,成功乃失败之隐患,然而谁能知道何时发生转折呢?追求温柔者甚至可以变得像婴孩儿一样。温柔敦厚则攻必取,守必安。能战胜自己的人其实最强大。"

"它有道理吗?"

"有时,当我喝下去五六杯威士忌而仰望星空时,我觉得它或许是有道理的。"

他们都沉默了,而打破沉默的仍然是凯蒂。

"告诉我,'那条狗却死了'是一句引言吗?"

沃丁顿的嘴唇上现出了笑意,回答的话也到了嘴边。然而就在那一刻,他的感觉似乎异乎寻常地敏锐。虽然凯蒂没有看他,但是她的表情里有某种东西迫使他改变了主意。

"如果那是引言的话,我不知道引自何处。"他小心翼翼地回答,"为什么问这个问题?"

"没什么。我突然想到的。听起来很熟悉。"

又是一阵沉默。

"当你跟你丈夫单独待在屋里时,"过了一会儿,沃丁顿说,"我跟团里的军医聊了聊。我觉得,我们应该了解进一步的详情。"

"哦?"

"军医过于激动,我没听明白他的意思。据我理解,你丈夫是在试验当中受到感染的。"

"他总在做试验。他并不是真正的医生,他是细菌学家。这就是他急于来这儿的原因。"

"但是从军医的说明中,我还是没弄明白,他究竟是不小心受到了感染,还是在拿自己做试验。"

凯蒂的脸色变得异常煞白。这个推测令她发抖。沃丁顿握住了她的手。

"原谅我又谈起这件事,"他温和地说,"可是我觉得这可能会让你好受些——我知道,在这种情况下,说任何无济于事的话都是不应该的——我想你或许能得到些安慰,沃尔特是一名烈士,他是以身殉职,为科学而死的。"

凯蒂有些不耐烦地耸了耸肩膀。

"沃尔特是因为心碎而死的。"她说。

沃丁顿没有回答。她缓缓地转过身来,注视着他。她的脸色苍白而凝重。

"他说:那条狗却死了。究竟是什么意思?这到底是怎么回事?"

"这是哥尔德斯密斯①所写的《挽歌》的最后一行。"

---

① 哥尔德斯密斯(1730—1774),英国诗人、剧作家、小说家,主要著作有小说《威克菲尔德的牧师》、长诗《荒村》、喜剧《委曲求全》、散文《世界公民》等。

67

第二天早上,凯蒂去了修道院。开门的姑娘见到她似乎很吃惊。她才工作了几分钟,院长就进来了。嬷嬷走到凯蒂身边,握住了她的手。

"见到你我真高兴,亲爱的孩子。你在遭受了巨大的不幸之后,这么快就回到这儿来,说明了你的勇气和智慧,因为我确信,少量的工作会使你摆脱忧郁。"

凯蒂垂下了眼帘,脸有些发烧。她不想让院长看透她的心事。

"无需我多说,我们大家都真诚地同情你。"

"谢谢你们。"凯蒂低声说。

"我们大家一直在为你和你所失去的亲人的灵魂祈祷。"

凯蒂未作回应。院长放下她的手,用淡定权威的口气向她交代了各项工作。她拍了拍两三个孩子的头,对她们淡漠却又迷人地笑了笑,然后就去忙她的更为紧迫的事情了。

68

一个星期过去了。凯蒂在做针线。院长走进屋来,坐到凯蒂的身边。她以内行的眼光瞥了一眼凯蒂所做的针线。

"你的针线活儿真好,亲爱的。如今,这手活儿在像你这样年轻的女人当中,可是难得一见了。"

"我是跟我母亲学的。"

"我相信,你母亲再次见到你一定会非常高兴。"

凯蒂抬起了眼睛。院长的举止表明,这不是一句随口说出的客气话。院长接着说下去。

"你心爱的丈夫死后,我允许你来这里,是因为我觉得工作可以分散你的注意力。在当时的情况下,让你独自长途旅行去香港,我觉得不太合适;同时,我也不想让你一个人待在家里,除了回想失去的亲人之外,无事可做。但是现在,已经过去八天了。应该让你离开这儿了。"

"我不想离开,嬷嬷。我想待在这儿。"

"没有理由让你待在这儿。你是随你丈夫一起来的。你丈夫已经死了。你的身体状况,很快就会需要专门的护理和照顾,这在我们这里是无法得到的。你的责任,亲爱的孩子,是尽力把上帝托付给你的那个小生命照料好。"

凯蒂沉默了一会儿。她低下头去。

"凭我的印象，我在这里还是有某些用处的。觉得自己有用，对我来说是一种莫大的快乐。我希望你允许我，在这场瘟疫结束之前，继续我所从事的工作。"

"我们都很感激你为我们所做的一切。"院长微笑着回答，"可是现在瘟疫已经减弱了，蔓延到这里的危险也不太大了。况且我正在等待从广东来的两位修女，她们很快就该到了。她们一到，我想我就很难安排你的工作了。"

凯蒂的心沉了下去。院长的语气不容反驳。凯蒂已经很了解嬷嬷了，知道她已经听不进任何恳求。院长认为有必要向凯蒂说明原因，她的声音里已经带有一种即便不是恼怒，起码也是接近于恼怒的专断腔调了。

"沃丁顿先生对此很关心。他已经征求过我的意见了。"

"我但愿他多关心关心自己的事。"凯蒂打断了她的话。

"即便他没来征求我的意见，我也同样有义务把我的意见告诉他。"院长温和地说，"现在你不应该待在这儿，而应该在你母亲那儿。沃丁顿先生跟余团长已经安排好了，给你派一支很强的护卫队，以确保你旅途的绝对安全。轿夫和苦力，他们也已经雇好了。阿妈将跟你一起走，并且你沿途经过的城市也都将做好安排。实际上，为了你的旅途平安，一切能做的事情都已经安排好了。"

凯蒂的嘴唇闭紧了。她想，在这件仅仅关系到她的事情上，他们起码应该征求一下她本人的意见才对。她不得不极力忍住，以免回答得过于尖刻。

"那我什么时候动身呢？"

院长保持着平静。

"你越早返回香港并搭船去英国越好,亲爱的孩子。我想你最好后天拂晓动身。"

"这么快。"

凯蒂觉得有点儿想哭。但是事情明摆着,这儿已经没有她的位置了。

"你们大伙儿好像都急着打发我走。"凯蒂难过地说。

凯蒂从院长的举止里觉察到了一丝轻松。院长看出凯蒂已经准备服从了,便下意识地让自己的声音更柔和些。凯蒂的幽默感十分敏锐,她眨着眼思忖,看来,即便是圣徒也爱动用些手段。

"别以为我不再感激你的善心了,亲爱的孩子。正是因为你的令人钦佩的慈悲心肠,使你不愿意放弃你自愿承担的那些责任。"

凯蒂直视着前方,微微地耸了耸肩。她知道不能将这些美德加在自己身上。她愿意留下来是因为无处可去。世上没人在乎她是死是活,这种感觉,真不是滋味。

"我无法明白,你竟然不愿意回家。"院长亲切地继续说道,"这个国家里有许多外国人都不惜代价地想得到你这样的机会呢!"

"但你们不是,对吧,嬷嬷?"

"噢,我们的情况不一样,亲爱的孩子。我们来时就知道,我们再也回不了家了。"

由于感情受到了伤害,凯蒂便萌生了一个或许带有恶意的企图,想在修女们疏远一切自然情感的信仰的铠甲中找出一处破绽。她想看看在院长身上是否还残留着任何人性的弱点。

"我想,再也见不到自己的亲人和自己从小生活过的环境,那将是非常痛苦的。"

院长犹豫了片刻。但是紧盯着她的凯蒂却发现,在她美丽严肃的脸上,平静的表情并没有发生变化。

"现在,我的母亲已经老了。对她来说,这的确很痛苦,因为我是她唯一的女儿,她当然非常希望能在死前再见我一面。我希望我能给她这份欢乐。但是,这是不可能的,我们只能等着在天国相遇了。"

"尽管如此,当一个人硬要把自己同那些非常爱他的亲人隔开时,他很难不扪心自问,自己这么做究竟对不对。"

"你想问我,是否曾后悔自己迈出了这一步,是吗?"突然之间,院长显得容光焕发了,"没有,从来也没有过。我选择了献身和祈祷的生活,从而摆脱了庸庸碌碌、毫无价值的生活。"

短暂的沉默之后,院长显得更加温和了,她露出了微笑。

"我想请你帮我带一个小包裹,到马赛后,替我寄出去。我不想交给中国邮局。我这就去拿。"

"你可以明天再给我。"凯蒂说。

"亲爱的,明天你会很忙,恐怕没时间到这儿来了。你今天晚上就跟我们道别吧,这样更方便。"

院长站了起来,带着宽大的衣袍也无法掩饰的、自然而然的尊严离开了房间。过了一会儿,圣约瑟修女走了进来。她是来道别的。她希望凯蒂旅途愉快,并相信一路上将会十分安全,因为余团长给凯蒂派了很精干的卫队,况且这段旅程修女们经常独自往返,并未发生过意外。她问凯蒂喜欢海吗。我的上帝①,她自己曾在印度洋上遇上了风暴,饱受晕船之苦。还说,凯蒂的

---

① 原文是法语。

母亲见到了自己的女儿,一定要高兴坏了。叮嘱凯蒂一定要照顾好自己,毕竟她现在有另一个小生命要照顾。她们全都会为凯蒂祈祷祝福的;她自己也会为凯蒂和她可爱的小宝贝,以及可怜而又勇敢的医生的灵魂而经常祈祷。圣约瑟修女滔滔不绝,体贴入微,充满了深情,而凯蒂却深深地意识到,在圣约瑟修女(她的目光专注于来世)看来,她只是一个没有躯体或血肉的灵魂而已。她有一种狂热的冲动,想要抓住这个敦实憨厚的修女的肩膀,狠命地摇晃她,并且大喊:"你知不知道我是人,我不痛快,非常孤独,我想得到安慰、同情和鼓励。喂,你们能不能离开上帝一分钟,给我一点儿怜悯,不是你们基督徒对一切受苦人的那种怜悯,而是普通人对我个人的怜悯?"这个念头使凯蒂的嘴唇上现出了一丝微笑:圣约瑟修女将会如何地大吃一惊啊!她一定会确信一个她迄今尚有所怀疑的看法:所有的英国人都是疯子。

"幸好我挺适合出海,"凯蒂回答,"我还从没晕过船呢。"

院长拿着一个干净的小包裹回来了。

"这里面是我为我母亲的命名日①所做的手帕,"她说,"姓名的首字母缩写是我们的女孩儿们绣上去的。"

圣约瑟修女建议说,凯蒂一定也想见识见识这些手工活儿有多么精美,院长带着宽容的、不甚赞成的微笑解开了包裹。手帕是用非常精致的上等细麻布制作的,姓名的首字母绣成了复杂的花押字,顶上还绣着一个草莓叶编织的花冠。凯蒂内行地夸赞了那些精细的做工,然后手帕被重新包好,交给了凯蒂。圣

---

① 欧美人常以圣徒名取名,该圣徒的节日即为此人的命名日。

约瑟修女说了声"好，夫人，我走了"①，并客客气气、不动感情地将临别珍重的话重复了多次，然后便离开了。凯蒂明白，此刻应该向院长告辞了。她感谢院长对自己的精心照顾。她们一起沿着没有装饰的白墙走廊往外走去。

"如果我请求你到马赛后，将包裹挂号邮递，这不会太使你为难吧？"院长说。

"我当然会这么做。"凯蒂说。

她瞥了一眼包裹上的姓名地址。那个姓名似乎十分显赫，然而那个地点引起了她的注意。

"那是一个我曾经去过的城堡。我曾经和朋友一起在法国驾车旅行过。"

"非常可能。"院长说，"一周有两天，那儿允许外人参观。"

"我想，如果我住在那么美丽的地方，是决不会有勇气离开那儿的。"

"那当然是一处名胜古迹。但是我并不十分留恋它。要说有什么让我怀念的话，并不是那儿，而是我小的时候曾经住过的一处小城堡。它在比利牛斯山里。我是在海浪声里出生的。我不否认，有时我确实很想听听海浪拍打岩石的声音。"

仔细琢磨院长说这番话的意图和原因，凯蒂生出一个模糊的想法，觉得院长是在巧妙地取笑她。可是她们已经来到修道院那道简陋的小门跟前了。令凯蒂惊讶的是，院长把她揽进怀里，并吻了她。嬷嬷苍白的嘴唇压在了凯蒂的脸颊上，她先吻了一侧，然后又吻了另一侧。这完全出乎凯蒂的预料，她的脸红了，并且想哭。

---

① 原文是法语。

"再见,上帝保佑你,亲爱的孩子。"她把凯蒂搂在怀里待了一会儿,"记住,履行责任并没有什么了不起,那只是你应尽的义务而已,并不比手脏了便去清洗更值得夸耀。唯一重要的是责任中的关爱。当爱与责任合二而一,你就会得到上帝的恩典,并且享受到出乎意料的幸福。"

修道院的门最后一次在她的身后关上了。

69

沃丁顿和凯蒂一起上了山。他们花了片刻时间绕道去看了看沃尔特的坟墓。在纪念牌坊跟前,沃丁顿同她道了别。凯蒂最后一次看了看这座牌坊,觉得牌坊外表中的那种令人费解的讽刺意味,恰可以用她自身遭遇的同样的讽刺性来回答。她上了她的轿子。

日复一日。沿途的景物成了她各种思绪的背景。她看到的景物似乎都是重复的、全景的,好像是通过立体视镜观看的,并且有了加深的印象,因为每个景物都叠加上了仅仅几个星期之前沿着相反方向走过这段旅程时她所看到的同一景物的回忆。挑着行李的苦力杂乱地散落开来,两三个人一伙,其后一百码是单独的一个,然后又是两三个人一伙。卫队的士兵们拖着沉重的脚步,松松垮垮地走着,一天走五到二十英里不等。阿妈乘的是两人抬的轿子,凯蒂则是被四个轿夫抬着,并不是因为她更重,而是由于身份不同。他们不时碰到一队苦力,挑着沉重的担子懒散地从他们身边走过去。偶尔会遇着一位官员,坐在轿子里,用好奇的目光打量着这位白种女人。一会儿,他们碰上了几个农民,穿着褪了色的蓝褂子,戴着大草帽,正在赶往集市;一会儿,又碰见一个女人,看不出是老是少,拐着小脚摇摇晃晃地走着。他们翻过了一座座小山，山坡上分布着整齐的稻田和恬静地隐没在竹林中的农舍。他们走过破败的村落和人口稠密的城市，那些城墙环绕的城市和弥撒书中描绘的城市十分相像。初秋的阳光温暖舒适。若是在黎明，当朦胧的晨曦给整齐的稻田披上了童话般的迷人色彩时，天气尚嫌清冷；随着日头的升起，宜人的暖意越来越浓。凯蒂浑身上下暖融融的，她敞开身心，沉浸在这天赐的至福之中。

眼前生意盎然的景物色彩淡雅，千姿百态，异常奇特，就像一幅展开的挂毯，而凯蒂头脑中的各种幻觉，像神秘朦胧的影子一样，正在挂毯前做着表演。这一切似乎都不是真实的。垛墙高耸的梅潭府就像是摆在旧戏舞台上表示城池的油画布景。修女们、沃丁顿和与他相恋的满族女人，就像是一出假面舞剧中的奇异的人物。而其他的人——曲折街道上的行人和那些死去的人们——则是无名的次要角色。当然，这出戏以及所有的人物都具有某种含义，可是那究竟是什么呢？就好像他们是在表演一场宗教仪式的复杂而又古老的舞蹈，尽管你知道那些复杂的动作具有某种含义，而且了解那些含义对你也十分重要，但你就是看不出线索来，毫无线索。

凯蒂无法相信（一位老妇人正在路上走着，她身上的蓝衣裳在阳光下呈现出天青石的颜色，她的脸上布满了皱纹，活像古老的象牙面具，她挪动着小脚，腰弯了下去，拄着长长的黑拐杖），凯蒂无法相信，她和沃尔特也加入了这场奇怪虚幻的舞剧表演，而且他俩还扮演了重要的角色。她可能轻易就把命丢了，他则真的送了命。这是开玩笑吗？也许，这就是一场梦，她会突然醒过来，如释重负地叹一口气。这些事好像是很久以前，在一个遥远的地方发生的。很奇怪，在真实生活的充满阳光的背景之上,这出戏里的人物却显得那么模糊。凯蒂觉得,她好像正在读一篇故事,令她略感惊讶的是,这个故事似乎与她无关。她发现,她已经无法清晰地回想起她曾经十分熟悉的沃丁顿的样子了。

这天傍晚他们将抵达西河岸边的那座城市,从那儿再换乘轮船。只需一夜就可驶抵香港了。

70

起初,凯蒂感到十分惭愧,因为沃尔特死时她没有哭泣。这似乎太不近人情了。喏,就连余团长这个中国军官的眼睛里都噙满了泪水。她的心被丈夫的死弄乱了。难以想象他再也不会回到他们所住的平房,早上起来她也听不见他在苏州浴桶里洗澡的声音了。一个活生生的人,现在竟然不在了。修女们惊异于她的基督徒式的节哀顺变,赞许她承受痛苦的勇气。然而沃丁顿却十分精明。从他严肃的同情中,凯蒂感觉到——让她怎么说呢?——一种心照不宣的态度。沃尔特的死,对她来说,当然是个打击。她不愿意他死。但是,她毕竟不爱他,她从未爱过他。她表现得十分痛苦,这样做是得体的,如果让别人看出她内心的想法,那就太难堪和显得没有教养了。但是,她已经经历了太多的折磨,以致不愿再弄虚作假了。她觉得,至少在最近的几周内,她已经明白了一个道理,即如果说欺骗别人有时尚属情有可原的话,那么欺骗自己的良心则永远都是卑鄙的。她很难过,沃尔特死得那么惨,但是她的难过纯粹是一种常人的悲哀,就如同一个熟人去世会引起她的悲哀一样。她承认,沃尔特有着令人钦佩的素质。可是她偏就不爱他,他总是令她厌烦。她绝不承认他的死对她来说是一种解脱。她可以诚实地说,如果她的一句话能够使他复活的话,她就会说出来。但是她也无法抗拒一种感觉,就是在某种程度上,他的死使她今后的路多少容易了些。他们在一起从不快乐,而分手却又十分困难。她为自己会有这些感觉而暗自吃惊。她估计,如果别人知道了,一定会认为她冷酷无情。幸好,他们不会知道。她怀疑身边的每个人是否心里都有着不可告人的秘密,从而时刻都在防范着,唯恐被好奇的目光偷去了消息。

她对今后想得很少,也没什么计划。她唯愿在香港停留得尽可能短些。尚未抵达香港,她已经预感到恐惧了。她觉得,她宁愿永远坐在藤轿上,在那片亲切宜人的乡村里漫游,永远都是千变万化的生活的冷漠旁观者,每晚都在不同的屋顶下过夜。然而,近在眼前的事,显然是必须面对的:到香港后她得住旅馆,处理掉原先的住房,变卖家具,却没有必要与汤森见面。他应该有不为难她的雅量。虽然如此,她还是想再见他一次,以便能告诉他,她认为他是个卑鄙的小人。

不过,何苦为查尔斯·汤森费神呢?

就像竖琴奏出的丰富欢快的琶音的旋律,始终交织在交响乐的复杂的和声中一样,一个念头不断地撞击着凯蒂的心胸。正是因为有了这个念头,道路两旁的稻田才显得异常美丽;有了这个念头,当一个前去赶集的脸蛋光润的年轻人,兴高采烈地赶着马车摇摇晃晃地从身边走过,并用放肆的目光盯着她看时,凯蒂那苍白的嘴唇上竟然露出了一丝微笑;还是因为这个念头,使得她所经过的那些城市,具有了喧闹的生活的魅力。她从那座监狱般的瘟疫城市中逃了出来,方才知道天蓝得如此赏心悦目,夹道的竹林,优雅地斜过头顶,是那样地富于情趣。自由!正是这个念头在她心中歌唱,从而尽管前景迷茫,她的心情却仍然像河面上晨光照耀的薄雾一样色彩斑斓。自由！不仅挣脱了烦恼的束缚，而且从令她抑郁寡欢的伴侣关系中解脱出来；不仅摆脱了死亡的威胁，而且也甩开了使她堕落的爱情。她从一切精神枷锁中解放了出来，成了自由自在的灵魂。有了自由，她就有了勇气，无论今后发生什么，她都能从容地面对。

71

船停靠在香港码头。凯蒂一直待在甲板上,观看河面上那些五颜六色、熙熙攘攘的船只,这时,她赶紧进舱去查看,以免阿妈遗落了什么行李物品。她对着镜子看了看自己的仪容。她穿着黑衣服,但并非丧服,那是修女们专门为她染的。她立即想到,她必须要做的第一件事就是查看一下自己的衣着。表示悲哀的穿着可以有效地掩饰她可能在无意间流露出来的情绪。有人敲舱门。阿妈开了门。

"费恩太太。"

凯蒂转过身去,一开始她没认出来人。随即她的心突然疾跳起来,脸涨得通红。来的是多萝西·汤森。凯蒂根本没有想到会见到她,不知道该干什么或说什么。但是汤森太太进了舱,冲动地搂住了凯蒂。

"呵,亲爱的,我亲爱的,我真为你感到难过。"

凯蒂听任她亲吻自己。这个她一直以为是冷淡隔膜的女人,竟如此地热情洋溢,多少让她感到吃惊。

"谢谢你。"凯蒂咕哝道。

"到甲板上去吧,阿妈会照料你的东西,我的佣人也在这儿。"

她牵着凯蒂的手。凯蒂随着她走,并注意到她温厚的、晒黑了的脸上流露着真诚的关心。

"你的船提前到了,我差一点儿没及时赶到。"汤森太太说,"要是没接到你,我决不能原谅自己。"

"你是专门来接我的吗?"凯蒂惊问。

"当然啦。"

"可是,你怎么知道我要来?"

"沃丁顿先生给我发了电报。"

凯蒂转过脸去。她的喉咙发堵。真可笑,一点点意外的善意竟让她如此感动。她可不想哭。她希望多萝西·汤森最好离开。可是多萝西捧起凯蒂的一只手,紧紧握住。这个一向腼腆的女人竟如此地感情外露,令凯蒂十分为难。

"我希望你答应我一件事。查利和我都希望你在香港期间跟我们一起住。"

凯蒂把手抽了回来。

"非常感谢你们。我可能不会答应。"

"可是你必须答应。你不能一个人住在原先的房子里。对你来说,那太可怕了。我一切都准备好了。你将有你自己的起居室。如果你不愿意跟我们一起用餐的话,就可以在那儿吃。我们俩都希望你能来。"

"我不想回原先的住处。我打算在香港酒店租一间房子。我决不能给你们造成那么多的麻烦。"

多萝西的建议使她吃惊。她感到困惑和懊恼。如果查利还有一点脸面的话,也不会允许他的太太前来邀请。她不想仰承他们两人中任何一个的恩惠。

"噢,可是我不同意让你去住旅馆。香港旅馆现在的情况你肯定受不了。里面什么人都有,乐队一天到晚都在演奏爵士乐。请你务必答应来我们家。我保证查利和我都不会打扰你。"

"我不明白你为什么要对我这么好。"凯蒂找不出更多的借口了,但又不便断然拒绝,"眼下我担心我跟生人处不好。"

"我们能算生人吗?哦,我真希望我不是,我真希望你把我当成朋友。"多萝西紧握双手,她的声音——一向是冷漠、审慎、显示身份的声音——颤抖了,眼里噙满了泪水,"我诚心诚意希望你来。你知道吗,我是想弥补自己的过错。"

凯蒂不明白。她不知道查利的太太对自己有过什么过错。

"当初,我恐怕不大喜欢你。我觉得你有点儿放荡。你知道,我比较老派,而且不太容人。"

凯蒂迅速地瞥了她一眼。多萝西的意思是,当初她觉得凯蒂风流。虽然凯蒂脸上没有任何表示,她在内心里却笑了起来。现在,她才不在乎别人对她怎么看呢!

"当我听说你毫不犹豫地跟丈夫一起去了那个九死一生的地方,我深感自己的丑恶。我感到无地自容。你那么优秀、那么勇敢,你使我们这些人显得毫无价值、庸庸碌碌。"说着,泪水已经顺着她和蔼可亲的脸颊滚落下来,"我无法表达我对你的钦佩和尊敬。我知道我不可能弥补你所遭受的巨大损失,但是我还是想让你知道我对你的同情有多深、多诚恳。如果你允许我为你做一点点事情,那将是我的殊荣。别因为我错看了你而对我怀恨在心。你是英雄,我只是个可怜的蠢女人。"

凯蒂低头看着甲板。她的脸色十分苍白。她希望多萝西别这么情绪失控。不错,她挺感动,但是多少也有些不耐烦,这个头脑简单的人竟然相信这类谎言。

"如果你当真愿意接待我,我当然愿意来。"她叹了口气。

72

汤森一家住在太平山顶的一座俯瞰大海的房子里,查利通常不上山来吃午饭,但是在凯蒂到达的那天,多萝西(现在凯蒂和多萝西已经相互直呼对方的名字了)告诉她,如果她同意见他的话,他很愿意过来,并向她表示欢迎。凯蒂想,既然必须见他,那还不如马上见,她还幸灾乐祸地想看看自己给他造成的窘态呢。她很清楚,邀请她来住,是他太太异想天开的主意,尽管他有难言之隐,他还是立刻同意了。凯蒂知道他把行为得体看得很重,而殷勤周到地接待她,显然是不折不扣的得体之举。但是,一想起两人上次见面时的情景,他便难免有羞辱之感:对于像汤森那样自负的男人,那就像无法痊愈的溃疡一样痛苦难忍。她希望自己给他造成了很深的伤害,就像他曾经伤害过她那样。他现在一定很恨她。让她十分得意的是,她并不恨他,而只是鄙视他。想到无论他是什么心情,都不得不重视她,她便有一种嘲弄对手的满足感。当她在那个下午离开他的办公室时,他一定真心实意地希望,从此再也不会见到她了。

而现在,她跟多萝西坐在一起,静等着他的到来。在这间适度奢华的客厅里,她感到十分愉快。她坐在扶手椅上,四处摆满了漂亮的鲜花,墙上挂着赏心悦目的图画。房间遮上了窗帘,十分凉爽,令人觉得舒适而又亲切。她带着轻微的战栗,想起了传教士的平房中那间没有装饰的、空空荡荡的客厅,那些藤椅和铺着棉布的餐桌,污秽的书架和所有那些廉价版本的小说,以及那些落满灰尘的、勉强能遮住窗户的红窗帘。呵,那是何等的困苦啊!她想,这些都是多萝西根本无法想象的。

她们听见一辆汽车开上山来。一会儿,查利便走了进来。

"我来晚了吗?但愿没让你们久等。我得去见总督,实在无法走开。"

他走到凯蒂跟前,拉住她的双手。

"我非常、非常高兴你能来这儿。我知道多萝西已经告诉你了,我们希望你想待多久就待多久,而且我们希望你把这儿当成自己的家。这也是我想要对你说的。如果能为你做什么事,那我将非常高兴。"查利的眼睛呈现出诚恳的迷人神采,她不知道他是否从她的眼神里看出了嘲讽。"我不大会说话,也不想显得莽撞冒失,但我还是想让你知道,由于你丈夫的去世,我对你深表同情。他是极好的人,我无法表达这儿的人对他的怀念。"

"别说了,查利。"他太太说,"我相信凯蒂会明白……鸡尾酒来了。"

依照在华的外国人的奢华习惯,两个穿着制服的佣人端着开胃菜和鸡尾酒走了进来。凯蒂拒绝了。

"哦,你一定得喝一杯,"汤森轻松热情地劝说,"这会使你舒服些。我相信自从你离开香港后,还没喝过鸡尾酒一类的饮料。要是我没弄错的话,你在梅潭府连冰都找不到。"

"你没弄错。"凯蒂说。

一时间,她的眼前浮现出了一幅画面:贴着平房院墙的墙根,躺着那个死去了的乞丐,他头发蓬乱,骨瘦如柴的肢体从破烂不堪的蓝布褂子里露了出来。

73

他们进餐厅去吃午饭。查利坐在桌首,轻松自如地引导谈话的进行。说过几句同情话之后,他对待凯蒂的态度就有了变化,好像她不是刚刚遭受了痛苦,倒像是刚做完盲肠手术,为了换换环境而从上海赶过来的一样。她需要振作精神,而他早就准备好要帮她振作起来了。让她有回家之感的最佳办法就是把她当作家庭的一员来对待。他不愧是圆滑老到之人。他开始大谈秋季赛马和马球比赛——天哪,如果他不能把体重降下来,就不得不放弃打马球了——以及那天上午他跟总督的一番谈话。他谈到了他们在舰队司令的旗舰上参加的聚会,广东当前的事态,以及位于鹿山的高尔夫球场的情况。只消几分钟,凯蒂便觉得,她好像只是在上个周末离开了香港一两天而已。令人难以置信的是,就在距此仅仅六百英里之遥的内地(也就是从伦敦到爱丁堡的距离,是不是?),男人、女人和孩子们正像苍蝇一样纷纷地死去。很快,她就开始打听这、打听那,谁在打马球时摔断了锁骨,这位太太是否已经回英国了,那位太太是否还在打网球联赛。查利说了一些小笑话,她则报之以微笑。多萝西带着隐约的优越感(凯蒂现在也在优越之列了,因而这种优越感一点儿也不讨厌,相反倒成了联系两人的纽带了)温和地嘲笑着殖民地内的各种人物。凯蒂变得更加活跃起来了。

"呵,她看上去已经好多了。"查利对他太太说,"午饭以前她那么苍白,简直把我吓坏了。这会儿她脸上的气色真的好多了。"

然而,凯蒂一面交谈——她即使并未显得十分兴高采烈(因为她觉得,不论是多萝西还是精于礼仪的查利都不会认可),起码也是愉快地加入了谈话——一面却在留心地观察着她的这位东道主。在过去的几周内,她的想象力完全被对他的复仇意识占满了,因此已在心里形成了有关他的异常鲜明的印象:他的粗硬卷曲的头发略显太长,梳理得过分精心,为了掩盖头发已经开始灰白的事实,用了太多的发油;他的脸色太红,两颊布满了紫红色的脉络,颔下的赘肉也太多;当他没有仰起头来加以掩饰时,你能够看见他的双下巴;他的灰白浓密的眉毛带有几分猴相,让她隐隐感到了厌恶;他走动起来步履格外沉重,注意节食和加强锻炼都未能阻止他发胖;骨骼被过多的筋肉覆盖了,关节也已显出了人到中年的僵硬;他那些时髦的衣裳对他来说已略嫌窄瘦,并且也与他的年龄不大相称了。

然而在饭前,当他走进客厅时,凯蒂着实吃了一惊(这大概就是她显得过分苍白的原因),因为她发现她的想象力奇怪地捉弄了她:他丝毫也不像她想象中的那个样子。她不禁嘲笑起自己来了。他的头发一点儿也不灰白,嗯,鬓角处倒是有一些白发,不过只是刚刚开始变白而已;他的脸并不红,只是晒黑了;他的脑袋端端正正地长在脖颈上,颔下并无赘肉;他没有发胖,而且也未见老:事实上,他几乎是精瘦修长的,身材匀称得令人羡慕——就算他有点自负,你能苛责吗?——他简直就是个年轻人；他当然知道如何着装；他看上去整齐，干净、利索——否认这一点是荒唐可笑的。究竟是什么使她把他想成了这种和那种样子的？他是个非常英俊的人。幸亏她已经知道他是个无足挂齿的卑鄙小人。当然，她一直认为他的声音具有一种迷人的音质，而且他的声音与她记忆里的一模一样：这样的声音加深了他所说的每一句话的虚伪性，那些丰富的语调和热情的语气这会儿正带着虚情假意在她的耳朵里鸣响，她也弄不明白自己当初怎么会让这样的声音给糊弄了。他的眼睛很美，那正是他的魅力所在，它们是那样地温柔、湛蓝和明亮，即便在他信口妄言时，那种神采也令人十分愉快，不为所动几乎是不可能的。

最后，咖啡端上来了。查利点燃了方头雪茄。他看了看表，从桌旁站了起来。

"好啦，你们两个年轻女人继续尽兴地聊吧，我必须得回办公室了。"他顿了顿，然后用友善迷人的目光看着凯蒂，对她说，"在你休息过来之前，一两日之内我不想打扰你。但是在这之后，我要跟你稍微认真地谈谈。"

"跟我？"

"我们得处理你的房子，然后，还有那些家具。"

"噢，我可以请律师。我没有理由麻烦你来处理。"

"请你打消这个念头，我决不能让你把钱浪费在法律程序上。我会处理一切的。你知道吗，你有资格领取抚恤金，我要跟总督阁下商量一下，看看能否向有关方面提出申诉为你多争取一些。你就听我安排吧。但是暂时先少安毋躁。我们现在只要求你尽快适应和康复，对吧，多萝西？"

"当然。"

他对凯蒂略微点了点头,然后走到太太的椅子旁,捧起她的手吻了吻。大多数英国人在吻女人的手时,都显得有点儿蠢,他却做得十分优雅潇洒。

74

在汤森家完全安顿下来之后,凯蒂才发现自己已经筋疲力尽了。这里的舒适生活和非同一般的便利设施,消除了一直压抑着她的紧张感。那种悠闲自在的愉悦、被漂亮东西簇拥着的陶醉和受到众人关注的满足,在她已经是久违了。重新回到奢华东方的轻闲生活之中,她宽慰地长出了一口气。现在,她在谨言慎行、富于教养的上流社会中成了众人同情的对象,这种感觉委实不坏。她新近丧偶,因而不可能为她安排娱乐活动,但是殖民地的名媛们(总督阁下的夫人,舰队司令和首席法官的夫人们)都过来跟她静静地喝上一杯茶。总督夫人说,总督阁下非常急切地想要见她,如果她能来总督官邸安安静静地吃顿午餐("当然不是宴会,只有咱们和一些副官!"),那就太好了。名媛们对待凯蒂,就像是对待一件既珍贵又易于损坏的瓷器。她不会看不出来,她们把她看成了年轻的女英雄,她也具有足够的幽默感,可以谦虚谨慎地扮演相应的角色。有时她真希望沃丁顿在场,就凭他那样毒辣的狡猾,一定会看出事情的可笑之处,当单独在一起时,他们就可以对此放声大笑一番了。多萝西曾经收到过沃丁顿的一封信,他说到了她在修道院里忘我工作的方方面面,说到了她的勇气和自我克制。当然,他巧妙地欺骗了大伙儿:这条狡猾的老狗。

75

不知是碰巧，还是人为设计的，凯蒂从未和查利单独相遇过。查利极为圆通老到，始终都是友好、体贴、温文尔雅和和蔼可亲的。没人会想到他们俩曾有过比熟人更近的关系。可是一天下午，她正躺在卧室外的沙发上读书时，查利沿着走廊走过来，在她身边停住了。

"你读什么呢？"他问。

"一本书。"

她讥讽地看着他。他笑了。

"多萝西到总督官邸去参加一个游园活动了。"

"我知道。你为什么没去？"

"我提不起兴致来。我想还是回来陪陪你吧。车就在外边，你想不想去岛上兜兜风？"

"不，谢谢。"

他在她躺着的沙发的一角坐了下来。

"你来这儿后，我们还没有机会单独说说话呢。"

她直视着他的眼睛，冷酷而又傲慢。

"你觉得我们还有什么好说的吗？"

"多得很。"

她把脚挪开了,以免碰到他。

"你还在生我的气吗?"他问,嘴唇上现出了笑影,目光也变得柔和了。

"一点儿都没有。"她笑了起来。

"我觉得,如果你真没生我的气,你就不会这样笑了。"

"你错了。我实在瞧不起你,所以犯不着生气。"

他十分平静。

"我觉得你对我太苛刻了。冷静地回想一下,难道你真不觉得我是对的吗?"

"那是你的看法。"

"现在,你对多萝西已有所了解了,你一定看得出来她是个好人,对吧?"

"当然。我永远都要感谢她对我的好心。"

"她真是百里挑一。如果当时我和你一起逃走了,那我将一刻也不得安宁。那是在坑害她。况且我不能不考虑我的孩子们,那样对他们将非常不利。"

有一分钟,她用沉思的目光注视着他。她觉得自己完全控制住了局面。

"在我刚来的那个星期,我非常仔细地观察过你。我得出了结论,你确实喜欢多萝西。我从没想到你会这样。"

"我告诉过你我爱她。我不会做任何让她感到不安的事情。她是男人梦寐以求的妻子。"

"你是否想到过你有负于她?"

"她是眼不见,心不烦嘛。"他笑了。

她耸了耸肩。

"你真卑鄙。"

"我是人哪。我不明白,为什么就因为我深深地爱上了你,你就认为我是个卑劣的小人。要知道,我并不是有意想这样的呀。"

听他这么说,她的心稍稍缩紧了。

"是我该受指责。"她气愤地回答。

"我实在没有想到我们会落到那么尴尬的地步。"

"无论什么情况,你都能有精明的算计。如果有人倒霉,那也绝不会是你。"

"我觉得这么说就有点儿过分了。好在现在一切都过去了。你必须明白,我那么做是在为我们两人争取最好的结果。你失去了理智,你应该庆幸我还保持着理智。如果当初我按照你的要求去做,你觉得我们就能成功吗?我们固然曾在热锅里受煎熬,但是却避免了掉进火坑的更糟的情况。现在,你并未受到任何伤害。我们为什么不能互相亲吻,成为朋友呢?"

她差点儿笑出声来。

"你别以为我会忘记,你曾经毫不内疚地把我送到那种九死一生的地方。"

"哎哟,真是胡扯!我告诉过你,只要你采取合理的防范措施,就不会有什么危险。如果我不是完全相信这一点,你觉得我会让你离开哪怕一小会儿吗?"

"你信是因为你愿意相信。你是那种只求有利可图、不管其他的怯懦小人。"

"事实最有说服力。你毕竟平安回来了。如果你不介意我话不中听的话,你这次回来比从前更漂亮了。"

"那沃尔特呢?"

查利忍不住说出了一句突然想到的玩笑话,笑了起来。

"没有比黑衣服更适合你的了。"

她盯着他看了好一会儿。泪水充满了她的眼眶,她哭了起来。她的美丽的脸庞因为痛苦而扭曲了。她不想掩盖,向后靠在沙发上,两手垂在身边。

"看在上帝的分上,别哭了。我没有什么不好的意思,只是开了个玩笑。你知道我对你丈夫的死深感痛心。"

"哦,别再啰嗦了。"

"我可以献出一切以挽回沃尔特的生命。"

"就是因为你和我,他才死的。"

他抓住了她的手,但是她把手抽了回来。

"请走开,"她呜咽道,"这是你现在唯一能为我做的事情。我讨厌你,鄙视你。沃尔特的价值超过你十倍,只有像我这么蠢的人才看不出来。走开,走开。"

她看他还想说什么,就跳了起来,走进了自己的房间。他紧跟着她,并且出于本能的谨慎,刚一进门,他就拉上了百叶窗,两人顿时陷入到黑暗之中。

"我不能就这样丢下你不管,"他说,并用胳膊搂住了她,"你知道我无意伤害你。"

"别碰我。看在上帝的分上,走吧。走远点儿。"

她想从他的怀里挣脱出来,但是他搂住她不放。她歇斯底里地大哭起来。

"亲爱的,你知不知道我一直是爱你的?"他以低沉迷人的声音说道,"我比从前更爱你了。"

"你还有脸撒这种谎!放开我。该死的,放开我。"

"别对我这么无情,凯蒂。我知道我对你太冷酷了,但是请你原谅我。"

她浑身发抖，泣不成声，挣扎着想要摆脱他。但是奇怪，他的双臂紧搂的压力竟让她感到十分舒服。她曾经那么渴望这双胳膊能再搂她一次，只需一次，她曾渴望得浑身战栗。现在，她感到虚弱不堪，浑身的骨头似乎都熔化了，因沃尔特而引起的悲伤转变成了对自己的怜悯。

"哦，你怎么对我这么无情？"她呜咽道，"你难道不知道我是全心全意地爱你吗？没人能像我这样爱你呀。"

"亲爱的。"

他开始吻她。

"不，不。"她哭道。

他凑近她的脸，但是她躲开了。他又摸索着去吻她的嘴唇。她不知他在说些什么，只听见断断续续的、欲望强烈的情话。他的胳膊紧紧地搂着她，她觉得自己像一个走丢了的孩子，现在终于安全地回家了。她轻轻地呻吟着。她闭上了眼睛，脸上湿漉漉地挂满了泪水。他终于摸索到了她的嘴唇，他的双唇重重地压了上去，一股热流，像是上帝的火焰，顷刻间传遍了她的全身。淋漓的快感，直教人心醉神迷，她烧成了灰烬，她闪烁发光，似乎得到了升华。她如在梦中，她曾在梦里领略过如此的销魂。现在，他对她意欲何为？她不知道。她已经不是女人了，她的人格消失殆尽，她空空如也，只是一团欲望。他把她双脚离地抱了起来，她轻若无物地瘫在他的胳膊上，他抱着她，她黏贴在他的身上，欲火中烧，欲罢不能。她的头陷在枕头里，他的嘴唇黏在了她的唇上。

76

她坐在床沿上,双手捂着脸。

"要不要喝点水?"

她摇了摇头。他走到盥洗盆那儿,用漱口杯接满了水,拿过来给她。

"来,喝点儿水你会觉得好些。"

他把杯子送到她的唇边,她啜了几口。然后她抬起惊恐的眼睛望着他。他弯腰站在她的身边,低头看着她,眼睛里闪烁着心满意足的光芒。

"喂,你还跟从前一样认为我是个卑鄙家伙吗?"

她低下了头。

"是。但是我知道我丝毫也不比你好。唉,我真无耻。"

"唉,我觉得你一点都不领情。"

"现在你该走了吧?"

"说真的,我觉得时间差不多了。我这就走,你务必在多萝西进门前,把一切都收拾利索。"

他步履轻松地走出了屋子。

她一动不动地在床沿上坐了好一会儿,像一个低能儿似的弓着背,心里空空如也。一阵战栗扫过了她的全身。她摇晃着站了起来,走到梳妆台前,坐进椅子里。她凝视着镜中的自己。她双眼浮肿,噙着泪水;脸弄脏了,被他贴过的半边脸颊留下了红印。她惊恐地望着自己。就是这张脸,她以前就曾经料到会出现一些堕落的变化,只是当时不知那会是什么样子。

"贱货,"她冲着自己的影像破口大骂,"贱货。"

然后,她把脸埋进了臂弯,痛苦地哭了起来。可耻,可耻!她不知道自己究竟是怎么回事,实在太可怕了。她恨他,同时也恨自己。刚才那一阵颠鸾倒凤,呵,真是可恶至极!她再也不能坦然地面对他了,他却有理由为自己辩护。他不跟她结婚是对的,因为她一钱不值。她比妓女好不了多少。哦,其实更坏,因为那些穷苦的女人是为了面包才出卖自己的。多萝西在她最为悲伤和不幸的时候把她接到了家里,而她竟然在她的家里干出了这种勾当!她的肩头随着哭泣而颤抖。现在一切都毁了。她原以为自己变了,觉得自己变得坚强了;她以为重返香港后,她将是一个自持自重的女人。许多新的想法如同阳光之下的金色的蝴蝶,从她的心头掠过,她曾经希望她的将来会变得美好,自由像光明的神灵一样召唤她继续向前走,世界像广阔的平地,她可以昂着头,轻快地通行。她以为自己已经摆脱了肉欲和邪念,可以自由地享受纯洁健康的精神生活;她曾把自己比作在黄昏时分悠闲地飞过稻田的一群白鹭,它们的身影就像一个平静心灵的自由翱翔的思绪一样。然而到头来她就是个奴隶。懦弱,懦弱!毫无希望,不可救药,她就是个荡妇。

她不想去吃晚饭。她打发佣人去告诉多萝西,她头疼,想待在自己屋里。多萝西走了进来,见她两眼通红浮肿,就略待了一会儿,温和怜悯地说了些无关紧要的事情。凯蒂知道,多萝西以为她是为沃尔特而哭的。作为一位善良体贴的妻子,多萝西对她充满了同情,并且充分尊重她的自然流露的悲哀。

"我知道你很难,亲爱的,"她离开凯蒂时说,"但是必须鼓起勇气来。我相信,你亲爱的丈夫不愿意你总是为他伤心。"

77

第二天一早,凯蒂早早起来,给多萝西留了张字条,说她有事出去一趟,然后便搭乘缆车下了山。她穿过汽车、黄包车和轿子熙来攘往的街道和穿着五颜六色衣裳的欧洲人和中国人,前往铁行轮船公司的办公室。最早出港的轮船将在两天后起航,她下定决心,无论如何也要搭上这条船。当办事员告诉她所有的船舱都已经订满了时,她要求见见主管。她通报了自己的姓名,那位曾与她有过一面之缘的主管随即出来,把她接进了自己的办公室。他了解她的情况,当她说出自己的要求后,他要来了旅客名单。他看着名单,面有难色。

"我恳求你尽量帮助我。"她强烈地要求。

"我想,在这个殖民地,没有一个人不愿意为您效劳,费恩太太。"他回答。

他叫来了办事员,询问了一番。然后,他点了点头。

"我将调换一两个人。我知道您想回英国,我觉得我们应该尽量满足您的要求。我可以给您安排一个单人小客舱。我想您愿意这样。"

她向他道了谢,兴奋地离开了。远走高飞——这是她唯一的想法。远走高飞!她给父亲发了电报,说她即日返英。在这之前，她已经给他发过电报，告知了沃尔特的死讯。然后，她回到汤森家，把自己的安排告诉了多萝西。

"失去你，我们将非常难过，"这个好心人说，"不过我当然理解，你想跟父母在一起。"

自从回到香港，凯蒂天天都在犹豫，迟迟不敢回到原先的住处。她担心重返旧居，难免会睹物思人。但是现在已经别无选择了。汤森已经将家具的出售安排妥当，并且已经找到了急于租房的人。但是她和沃尔特的衣服还留在房子里，因为去梅潭府几乎没带什么衣服，此外还有书、照片和各种各样的杂物。凯蒂对所有这些都不在乎，她急切地想同过去一刀两断。但是她明白，如果她把这些东西一股脑送进拍卖行的话，无疑将触犯殖民当局的敏感神经。东西必须包装并运往她在英国的住址。因此，她准备在午饭后前往旧居。多萝西一心想帮助她，提议要跟她一起去，但是凯蒂恳求她让自己单独前往。不过她同意让多萝西的两个佣人过来帮助她打点。

旧居的房子一直是交给管家管理的。这时，管家出来为凯蒂开了门。很奇怪，走进了自己的住处，她却像陌生人一样感到隔膜。屋子收拾得十分整齐干净，一切都各归各位，随时可供她使用。但是，尽管当天的天气温暖晴朗，寂静的屋子里却萦绕着阴冷凄凉的氛围。家具十分呆板地一律放在原处，没有插花的花瓶全都摆在各自的老地方；那本凯蒂已不记得是何时扣放在那儿的书，仍旧原封不动地扣在那里。整个旧居似乎是在一分钟之前才人去楼空的，然而这一分钟却意味着永恒，从而你无法想象这座房子还能再次回荡起谈笑的声音。摊放在钢琴上的狐步舞的乐谱，似乎正等待着谁去弹奏，但是你却觉得，即使你敲击琴键也不会发出声音来了。沃尔特的房间仍像他生前一样整洁。五斗橱上摆着凯蒂的两张大照片，一张穿着社交礼服，另一张则穿着婚礼礼服。

佣人们把行李箱从储藏室里搬了出来，她站在他们旁边，看他们装箱。他们装得又整齐又快捷。凯蒂想，两天之内应该来得及将一切都准备就绪了。她决不能再分心，也没那份闲工夫了。突然，她听见了身后的脚步声，回头一看，来的竟然是查尔斯·汤森。她顿时在心里打了个寒战。

"你想干吗？"她问。

"你可以到客厅来一下吗？我有事要跟你说。"

"我很忙。"

"我只占你五分钟。"

她没再说话，只是向佣人们交代了一句，让他们继续打理，然后领着查尔斯来到隔壁的屋子。她并不坐下来，让他知道她不想多耽搁。她知道自己的脸色十分苍白，心跳很快，但是她以敌视的目光冷冷地面对他。

"你到底想干什么？"

"我刚听多萝西说，你后天就要走。她还告诉我，你来这儿收拾行李了，并让我给你打电话，看看我能为你做些什么。"

"谢谢你，不过我自己应付得了。"

"我想也是。我不是到这儿来问你这个的。我来是想问，你突然离开是不是因为昨天发生的事情。"

"你和多萝西都对我很好。我不想让你们觉得我是在利用你们的好心。"

"你并没有直接回答我的问题。"

"那跟你有什么关系？"

"关系太大了。我不愿意看到是自己的所作所为把你逼走了。"

她站在桌子旁边，低下头去。她的目光落在一张《简报》上。那已是几个月前的旧报纸了。那个可怕的晚上沃尔特一直凝视着这份报纸，那时……现在沃尔特已经……她抬起头来。

"我感到没脸见人。你对我的鄙视远远不及我对我自己的鄙视。"

"但是我并不鄙视你。我昨天说过的每一句话都是认真的。你像这样离开有什么好处呢？我不明白我们为什么不能成为好朋友。你总认为我对你不好，这让我非常难过。"

"你为什么不能离我远点儿？"

"岂有此理，我又不是木头或石头。你这么想实在没道理，也令人寒心。我还以为经过昨天的事，你对我的看法会稍微好一些。毕竟，我们都是人。"

"我觉得自己不是人，是畜牲。是猪，是兔子，是狗。唉，我不责备你，我自己也一样坏。我顺从你是因为我想要你。但是那不是真实的我。我并不是那种可恶、卑鄙和淫荡的女人，我和那种女人毫无共同之处。我墓中的丈夫尸骨未寒，你妻子对我的恩情无可比拟，那个在床上和你寻欢的女人绝不是我，那只是我身体里的畜牲，是阴险可怕的邪恶的幽灵，我否认、憎恶和鄙视它。从昨天直到现在，我一想到它就恶心想吐。"

他眉头微皱，不自在地笑了笑。

"好啦，我不与你计较。不过你有时候说话确实让我感到震惊。"

"那我向你赔个不是。现在你最好离开这儿。你是个无足轻重的小人，这么认真地跟你说话实在无聊。"

好一会儿他没有回答，凯蒂看到他的蓝眼睛里透出来一丝阴影,知道他在生她的气。当他最终以他一贯的谦恭得体将她送走之后,一定会如释重负地长舒一口气吧。想到当他们握手告别,他祝她一路顺风时,她也要彬彬有礼地感谢他的殷勤款待,便不觉好笑。然而,她发现他的表情变了。

"多萝西告诉我你怀孕了。"他说。

她觉得自己脸红了,但并未失态。

"是的。"

"有没有可能,我就是父亲?"

"不,不。孩子是沃尔特的。"

她不由自主地加以强调,但是话一出口她就知道,她的语气并不令人信服。

"你能确定吗?"他露出诡谲的微笑,"毕竟,你跟沃尔特结婚几年都没怀孕。日期看来也吻合。我觉得这更像是我的孩子,而不是沃尔特的。"

"我宁愿自杀也不愿怀上你的孩子。"

"唉,又来了,全是废话。我可是非常高兴和骄傲。你知道吗,我希望是个女孩儿。我跟多萝西生的都是男孩儿。你蒙在鼓里的时间也不会太久,要知道,我的三个儿子跟我长得绝对是一模一样。"

他又恢复了他的好心情。凯蒂知道是怎么回事。如果孩子是他的,那她尽管可以从此不再见他,也不可能完全摆脱掉他。他对她的控制将无远弗届,他依然可以——朦胧却明确无疑地——影响她此生的每一天。

"你真是一个自大而又愚蠢的恶棍。碰到你,是我这辈子的不幸。"她说。

78

  轮船驶入了马赛港,凯蒂眺望着阳光下绚丽的海岸那高低起伏的美丽轮廓,突然,圣母马利亚的金色雕像跳入了她的眼帘。这座被海上的水手们视为安全象征的雕像,就矗立在圣母马利亚大教堂的屋顶之上。凯蒂想起了梅潭府修道院的那些修女们,当她们踏上了离乡背井的不归之路时,就曾面对着圣母的雕像跪下去,一面看着它渐行渐远、逐渐模糊,直至缩成了蓝天上的一簇金色的小火苗,一面也在不停地祈祷以图减轻那生离死别的巨大痛苦。于是,凯蒂也握紧了双手,向着她一无所知的神灵默默地祈祷。

  在漫长孤寂的旅途中,她不断地想起那桩发生在自己身上的可怕的事情。她无法理解自己。事情的发生实在是出乎意料。究竟是什么支配了她,以致尽管她鄙视查利,打心眼里鄙视他,却还是情不自禁地投入了他的肮脏的怀抱呢?她怒不可遏,对自己深恶痛绝。她觉得这样的奇耻大辱是永生难忘的。她暗自落下泪来。然而,随着与香港渐行渐远,她发现自己的怨恨不知不觉地渐渐减弱了。已经发生了的事情似乎是在另一个世界里发生的。她就像一个突然间暴跳如雷、然后又恢复了理智的人一样,一方面对自己依稀记得的、在失控状态下的荒唐行为感到十分懊恼和惭愧,另一方面又因为知道是一时失控,所以觉得自己是有权得到宽容的。凯蒂想,一个心地宽厚的人大概会怜悯而不是责备她吧。但是一想到自己的自信心已经十分可悲地丧失殆尽了,她就止不住地长吁短叹。从前,道路似乎就伸展在面前,笔直而又平坦,现在她看清楚了,这其实是一条崎岖曲折的路,而且还有许多陷阱在等着她。印度洋上那一望无际的海面和哀婉美丽的落日使她平静了下来。她似乎正在驶往某个国家,到了那里她便可以自由地把握自己的灵魂了。如果重拾自尊非得经过痛苦的内心冲突不可,那么,她就鼓起勇气来面对吧。

今后的日子将是孤独和艰难的。在塞德港她收到了母亲接到她的电报后写给她的回信。信写得很长,字迹大而花哨,在母亲年轻时,曾时兴教年轻的女性写这种字体。信的词藻过于华丽,给人以缺乏诚意的印象。加斯廷太太对沃尔特的死表示哀悼,对女儿的悲哀亦深表同情。她担心凯蒂日后会生活拮据,不过殖民地当局照理应给凯蒂发放抚恤金的。听说凯蒂要返回英国,她很高兴,凯蒂当然必须跟父母住在一起,直到把孩子生下来。然后又讲了一些凯蒂必须要切实遵守的注意事项,以及她妹妹多丽斯分娩期间的各种细节。又谈到多丽斯的儿子生下来有多重,连亲家公都说从没见过这么健壮的孩子呢。现在多丽斯又怀孕了,他们都希望这一胎还是个男孩儿,以使准男爵爵位的继承更为保险。

凯蒂看出,这封信的要点其实就是邀请她回家的那个限定的日期。加斯廷太太无意让一个囊中羞涩的守寡的女儿来拖累自己。世事无常,凯蒂想到母亲从前曾把她当成掌上明珠,如今则对她彻底失望了,认为她不过就是个累赘。父母和孩子之间的关系多么奇怪呀!孩子们小的时候,父母溺爱他们,对他们的每一个小小的不适,都极度地担惊受怕,而孩子们也怀着爱和崇拜依恋着父母;曾几何时,孩子们长大了,一些与他们没有亲属关系的人,对于他们的幸福,竟比父亲或母亲更加重要了。过去那种盲目本能的爱渐渐地被冷漠取代。彼此的会面成了厌烦和恼怒的根源。曾经是分开一月便心神不定,如今即便是数年不见也能处之泰然了。其实母亲用不着担心:一旦可能,她就会自己安个家。但是她还需要一些时间。目前,事情还没有眉目,今后的情景也无从揣测:说不定她会死于分娩呢。果真如此,那倒万事大吉了。

船靠码头后,她又接到了两封信。她惊奇地认出了父亲的笔迹,尽管她不记得父亲何时给自己写过信。他没有过分流露感情,信以"亲爱的凯蒂"开头。他告诉她,由他而不是母亲写这封信,是因为母亲一直都不太好,并已被强制送进了疗养院去接受手术。凯蒂并不惊慌,依旧按照原来的打算绕道走海路。走陆路要昂贵很多,而且由于母亲不在,凯蒂也不便住在哈林顿公园的房子里。另一封信是多丽斯写来的,开头就是:凯蒂宝贝。并不是多丽斯对她有什么特殊的感情,而只是因为她习惯于这样称呼所有认识的人。

凯蒂宝贝:

　　我想父亲已经写信告诉你了。妈妈需要动手术。去年她看上去就已经不行了,可是你知道她讨厌医生,而且一直在服用各种各样的成药。我不大清楚她到底是怎么了,她打定主意要对此保密,如果你问她问题,她就会发火。她看上去实在不行了,我要是你,就在马赛上岸,尽快赶回来。

但是别说是我叫你回来的,因为妈妈一直装作无甚大碍,而且她不想让你在她回家之前赶回来。她逼医生同意一周内就让她出院。

最爱你的
多丽斯

沃尔特的死,让我十分难过。这段时间你一定很痛苦,可怜的宝贝。我想你想得快要死了。有趣的是咱俩将一起生孩子。那时我们可以彼此握住对方的手了。

凯蒂陷入了沉思,在甲板上站了一会儿。她无法想象母亲会生病。在她的记忆里,母亲从来都是活跃和果断的,别人有什么不适,她也总是不够耐心。这时,一位乘务员拿着一封电报走到她跟前。

沉痛地通知你,你母亲于今晨去世。父亲。

79

凯蒂按响了哈林顿公园寓所的门铃。得知父亲正在书房里,她便来到书房门前,轻轻地推开了门。他正坐在壁炉边上阅读昨天的晚报。凯蒂进去后,他抬起头,慌不迭地放下报纸,站了起来。

"哦,凯蒂,我还以为你会搭下一班的火车呢。"

"我不想麻烦你去接我,所以没发电报告诉你我到达的时间。"

他把脸伸过来让她亲,这种习惯动作她记忆犹新。

"我刚看了一眼报纸,"他说,"已经两天没看报了。"

她看出来了,他觉得有必要对自己正在忙碌的一些日常琐事做出解释。

"当然,"她说,"你一定累坏了。母亲去世对你的打击一定很大。"

他比她上一次见到时更老了,也更瘦了。一个瘦小的、布满了皱纹的干瘪老人,举止显得十分拘泥。

"医生说,自始至终就没抱任何希望。她病情恶化已经一年多了,但是她拒绝让医生治疗。医生告诉我,她一定是长期处在疼痛之中。医生说,她能够忍受得住简直就是个奇迹。"

"她就没有抱怨过吗?"

"她说过不太舒服,但是从没抱怨过疼痛。"他停住了,看着凯蒂,"走了这么远的路,你一定很累吧?"

"还好。"

"你想上去看她吗?"

"她在这儿?"

"是的,已经把她从疗养院接回来了。"

"好,我这就去。"

"你想让我陪着你吗?"

父亲的声音有些异样,她迅速地看了他一眼。他把头稍微扭过去一点,不想让她看到自己的眼睛。凯蒂近些年已经学会了揣摩别人心思的特殊本领,毕竟她天天都要以全部的敏感,从丈夫随口说出的只言片语,或漫不经心的手势动作里,揣摩出他心中隐藏的想法来。她立刻就猜出父亲到底想对她掩饰什么了,那就是他所感到的解脱,无限的解脱,这让他自己都吓了一跳。在漫长的三十年里,他一直都是忠实的好丈夫,从未流露过一句对妻子的指责,现在,他应该为妻子伤心才对。他从来都是循规蹈矩的。如果此时,他的眼皮的眨动,或是极不明显的表情,暴露了他并未感受到一个新近丧偶的鳏夫所应感受到的痛苦,那他会非常震惊的。

"不,我还是自己去吧。"凯蒂说。

她上了楼,走进那间又大又冷、装饰略嫌做作的卧房。多年来母亲就在这儿就寝。她还清楚地记得那些桃花心木的笨重家具,和装饰墙壁的模仿马库斯·斯通风格的版画。梳妆台上的东西仍像加斯廷太太一生所坚持的那样丝毫不差地摆放着。屋里的那些鲜花显得有些格格不入。加斯廷太太一定会认为,在她的卧室里摆放鲜花十分愚蠢、做作，并且不利于健康。花的香气压不住一股像是刚刚清洗过的亚麻布的刺鼻霉味，凯蒂记得，这正是母亲房间的独特气味。

加斯廷太太躺在床上，两手交叉放在胸前，显得十分温顺。而这却是她生前最不能忍受的样子。她的五官轮廓分明而动人，两颊因饱受折磨而深深塌入，鬓角也凹陷了，使她显得端庄，甚至有几分威严。死亡抹去了她脸上的吝啬刻薄，只留下了性格的特征。她的模样简直就像是罗马女皇。凯蒂感到十分奇怪，在她见过的死人当中，唯有眼前这具遗体似乎还保持着曾经寓居过灵魂的样子。她并不感到悲伤，母亲和她之间有过太多的积怨，因而她无法在心里留下任何深沉的感情。回顾自己当姑娘的时光，她知道自己之所以成为当时的样子，完全是母亲一手造成的。然而，当她看到这个冷酷无情、盛气凌人和野心勃勃的女人，一动不动地静静地躺在那儿，一切卑微的企图都随着死亡而悉数落空了时，她也生出了隐约的怜悯。母亲穷其一生都在谋划和算计，孜孜以求的无非是些低级无用的东西。凯蒂怀疑，母亲大概正在另一个星球上，惊愕地审视着自己的尘世历程。

多丽斯走了进来。

"我估计你会搭这趟火车。我觉得应该过来看看。真可怕，是不是？可怜的好妈妈。"

她突然哭了，扑进凯蒂的怀里。凯蒂吻了她。凯蒂知道，母亲曾经偏爱自己而忽略了多丽斯，曾因多丽斯相貌平平和平庸乏味，就粗暴地对待她。凯蒂怀疑多丽斯是否真像她表现的那样极其痛苦。不过多丽斯一直都是易动感情的。凯蒂也希望自己能够哭出来，否则，多丽斯会认为她绝情。然而，她觉得自己经历过太多的事情,已经很难装出她根本没有的悲伤了。

"你想去看看爸爸吗?"等多丽斯的情绪稍微平静了一些,凯蒂问她。

多丽斯擦干了眼泪。凯蒂注意到妹妹因为妊娠,已经失去了体形,裹在黑衣服里,显得臃肿邋遢。

"不,我不想去。去了我又得哭。可怜的老头儿,他倒还挺得住。"

凯蒂把妹妹送出了门,然后回到父亲那儿。父亲正站在壁炉前,报纸已经整齐地叠了起来。他想让凯蒂看出来,他没有再读报纸。

"我还没有换上吃饭的衣裳,"他说,"我想就不必了吧。"

80

他们一起吃晚饭。加斯廷先生给凯蒂讲了妻子生病和去世的详细过程,谈到了朋友们的来信所表达的善意(他的桌子上放着一摞慰问信,想到回信的负担,他不由得叹了口气),也说了他对葬礼所做的安排。然后他们回到他的书房。整座寓所只有这个房间里有壁炉。他机械地拿起放在壁炉台上的烟斗,开始装烟丝,却又迟疑地看了女儿一眼,把烟斗放下了。

"你是不是想抽烟?"她问。

"你妈妈在饭后不太喜欢烟斗的味道。自打战争以来我就不吸雪茄了。"

他的回答使凯蒂一阵心酸。一位六十岁的老人竟然不敢在自己的书房里抽他喜欢的烟斗,实在是匪夷所思。

"我喜欢烟斗的味道。"她笑着说。

父亲脸上露出了一丝宽慰的神色,他再次拿起烟斗来,点燃了。他们在壁炉两边面对面地坐着。父亲觉得,他必须跟凯蒂说说她所面临的麻烦。

"我想,你已经收到你妈妈寄到塞德港的信了。可怜的沃尔特去世了,这个消息让我们俩都非常震惊。我觉得他是个非常好的小伙子。"

凯蒂不知道说什么好。

"你妈妈告诉我你怀孕了。"

"是的。"

"你估计什么时候生？"

"大概还有四个月吧。"

"这会给你很大的安慰。你一定得去看看多丽斯的儿子。小家伙非常可爱。"

他们的谈话比两个初次见面的陌生人还要生分隔膜，因为假如彼此不相识，他反而会对她感兴趣和好奇，而他们共同的过去却成了他们之间一堵冷漠的高墙。凯蒂非常清楚，她未曾做过一件可以赢得父爱的事情。在这个家里，父亲从来都是多余的，作为理所当然的养家糊口之人，他受到的却是蔑视，因为他不能为全家提供更为奢华的享受。然而，就因为他是她的父亲，她认为他爱她是理所当然的。一旦发现父亲的心里全然没有对她的好感时，她感到十分震惊。她知道她们都烦父亲，却未曾想到父亲也同样烦她们。他一如既往地和蔼和顺从，但是她在苦难中磨炼出来的洞察力告诉她，他在内心里并不喜欢她，虽然他可能从来都不承认，而且将来也不会承认这一点。

父亲的烟斗堵塞住了，他站起来，想找个东西把它捅开。也许，他这么做只是为了掩饰自己的局促不安。

"你妈妈想让你住在这儿，直到把孩子生下来。她曾经想找人把你原来的屋子收拾出来。"

"我知道。请你放心，我不会给你添麻烦。"

"唉，问题不在这儿。在目前的情况下，你显然只能住到你父亲家里来。不过问题是，我刚被任命为巴哈马群岛的首席法官，而且我已经接受了。"

"哎呀,爸爸,我太高兴了。我衷心祝贺你。"

"任命来得太晚了,我没来得及告诉你可怜的妈妈。不然的话,这会给她莫大的安慰的。"

命运就是这么捉弄人!加斯廷太太一辈子殚精竭虑,勾心斗角,忍辱负重,却未能在死前得知她的野心——虽因以往的失望而有所收敛——终于实现了。

"我将在下月初赴任。当然,这座房子将交给代理商出售,家具也打算卖掉。抱歉我不能让你住在这儿,但是,如果你的新居需要这儿的哪件家具,我将非常乐意送给你。"

凯蒂看着壁炉中的火焰,心跳加快了。奇怪的是,她突然间感到了紧张,但是最终还是硬着头皮说出了自己的想法,声音有些颤抖。

"我能跟你去吗,爸爸?"

"你?哦,我亲爱的凯蒂。"父亲的脸色变得凝重了。凯蒂常听他这么叫自己,但只把它当成是他的一句口头语。现在她平生第一次看见了他说这句话时的表情变化,看得那么清楚,吓了她一跳。"可是你所有的朋友都在这儿,多丽斯也在这儿。我想,如果在伦敦住下来,你会更高兴些。我不十分清楚你的经济情况,但是我非常愿意为你付房租。"

"我有足够的钱活下去。"

"我将去一个陌生的地方。当地的条件我一无所知。"

"我已经习惯于待在陌生的地方。伦敦对于我已经没有什么意义了。在这儿我无法呼吸。"

父亲闭上眼睛待了一会儿,她以为他要哭。他脸上的表情十分痛苦。她感到了绝望。她的判断是对的,妻子的去世让他如释重负,这个同过去一刀两断的机会,给了他自由。他看到,一种崭新的生活已经展现在眼前了。经过了这么多年,他渴望得到的安宁和海市蜃楼般的幸福,也终于触手可及了。凯蒂隐约看到了三十年来折磨着他内心的全部痛苦。最后,他睁开了眼睛,禁不住叹了口气。

"当然,如果你愿意去,我会非常高兴的。"

真可怜。挣扎如此之短,他就屈服于自己的责任感了。寥寥数语,他就将全部希望抛弃了。她从椅子上站了起来,走到他跟前跪了下来,并抓住了他的双手。

"不,爸爸,除非你愿意,否则我绝不跟你去。你做出的牺牲已经太多了。如果你愿意一个人去,那就去吧。你一分钟都不用考虑我。"

他抽出了一只手,抚摸着她的美丽的头发。

"我当然愿意你去,亲爱的。毕竟我是你爸爸,而你是一个寡妇,而且孤身一人。如果你想跟我在一起而我竟加以拒绝,那就太残忍了。"

"可是话虽如此,我真的对你一无所求。因为我是你的女儿,你什么都不欠我的。"

"哦,我的好孩子。"

"什么都不欠。"她激动地重复道,"一想到我们一辈子都靠你抚养,却没有给你丝毫回报,我的心就沉甸甸的。我们对你甚至连一点感情都没有。你的生活恐怕一直都不幸福吧。你能不能给我个机会,让我尽量弥补一下过去的缺失?"

他眉头微皱,她的情绪令他尴尬。

"我不明白你的意思。我从来也没有抱怨过你们。"

"呵,爸爸,我遭遇了那么多事,苦不堪言。我早就不是离家时的那个凯蒂了。我非常懦弱,但我觉得,我已不像从前那样不检点了。你能给我一次机会吗?世界上除了你,我已经没有人可以相依为命了。我会让你爱我的,请你让我试试好吗?哦,爸爸,我太孤独,太痛苦了。我渴望得到你的爱。"

她把脸埋在他的大腿上,痛心地哭了起来。

"哦,我的凯蒂,我的小凯蒂。"他喃喃低语。

她仰起头来,搂住了他的脖子。

"呵,爸爸,请对我好一些。让咱们互相照顾吧。"

他亲她,亲她的嘴唇,像恋人似的。他的面颊被她的泪水沾湿了。

"你当然应该跟着我。"

"你要我吗?你真的要我吗?"

"当然。"

"我太感谢你了。"

"呵,亲爱的,别对我说这种话。这让我觉得尴尬。"

他掏出手帕,擦干了她的眼泪。他笑了,她以前从没见他这样笑过。她再次搂住了他的脖子。

"以后咱们会非常开心的,亲爱的爸爸。你都想象不出咱俩在一起会多么有趣。"

"别忘了,你就要生孩子了。"

"我很高兴,小姑娘将在那个遥远的地方、在无边的蓝天之下和大海的波涛声里出生。"

"你已经确定是女孩儿啦?"他低声问,脸上挂着浅淡无心的微笑。

"我希望是女孩儿,因为我想把她养大,使她不会重犯我曾经犯过的错误。回顾自己的当年,我憎恶自己。但是,那已经是事实了。我要把我的女儿养大,让她自由,并且能够自立。我把孩子带到世上,爱她,抚养她,不是为了让某个男人只是因为渴望跟她睡觉而愿意供养她一辈子。"

她觉得父亲僵住了。他从未谈论过这种事情。从自己女儿的口中听到了这些话,令他十分震惊。

"恕我放肆直言,爸爸,只此一次。我一直很愚蠢、很坏、让人讨厌,为此,我已经受到了可怕的惩罚。我决心让我的女儿避免这一切。我希望她无畏而且真诚。我更希望她能够掌握自己的命运,从而不必依赖于他人。我希望她像自由人一样生活,并且要比我活得更像样。"

"亲爱的,为什么你说起话来像个五十岁的人似的。你的全部生活还在前头呢。你千万不要灰心丧气。"

凯蒂摇了摇头,渐渐地露出了微笑。

"我没灰心。我有希望和勇气。"

往事已矣,就让死者从挂念中淡出吧①。这是否过于无情了?她衷心希望自己已经学会了怜悯和慈悲。她不知道等待着她的会是什么样的未来,但是她镇定自若,准备以轻松自信的心境接受那即将到来的一切。这时,不知是什么原因,从她潜意识的深处突然浮现出了一段回忆,那是他们——她和可怜的沃尔特——在前往那座让沃尔特丢掉性命的瘟疫城市的途中所见到的景象:一个清晨,夜色尚未退尽,他们便乘轿上路了。天蒙蒙亮时,她看到了——毋宁说是凭着直觉感受到了——一幅摄人心魄的美景,于是在片刻之间,她心中的极度痛苦便得到了缓解,甚至一切的人间苦难也显得不足道了。太阳出来了,迷雾开

---

① "let the dead bury their dead"直译为:让死人去埋葬他们的死人吧。借用了圣经中的语句(见《圣经·马太福音》第8章第22节和《圣经·路加福音》第9章第60节)。

始消散,她看见,他们脚下的这条路很长,蜿蜒在连片的稻田中间,横跨一条小河,穿越过高低起伏的原野,一直向前伸展到了目力所及的天边。如果她沿着眼前这条依稀可辨的路走下去,那么,她曾经犯下的过错、做过的蠢事和遭遇到的种种不幸,或许就不会是毫无裨益的吧。这条路并不是好心而又可笑的老沃丁顿所说的那种通向虚无的路,而是修道院里那些可爱的修女们以无比的谦卑所默默追寻的路,是一条通向安宁的路。